婚外子を生きる

佐々木時雄
SASAKI Tokio

文芸社

目次

婚外子を生きる

一　お茶屋にて

別府圭子が武田龍太郎を知ったのは、簿記学校に通いながら、龍太郎の会社武田製作所の臨時雇いで事務の担当をしていた頃である。直接会ったのは圭子が書類を社長室に届けたときであった。

龍太郎は、圭子が簿記学校の夏休み中のアルバイトと聞いていたが、何か事情があるのだろうかと気にかけていたので、初対面ではあったが声をかけた。

「別府圭子さんですね」

「はい、そうです」

「いい名前ですね」

圭子がはにかむように、だがしっかりと龍太郎を見つめてこたえた。

「ありがとうございます」

圭子のしなやかな勁《つよ》さが龍太郎の心を捉えた。

龍太郎は圭子に訊ねた。

「アルバイトとは感心しました。何か事情があるのでは?」

「日本舞踊を習っているのですが、母に負担をかけたくなくて」

「それはいい心遣いですね。ディスコなどへは行かないのですか?」

龍太郎が関心を示し、話を弾ませようとした。

「あれはただ体をくねらせ、男を喜ばせているだけです。振り付けをしている人が男性の好みに迎合しているのではないですか」

「これは手厳しい。同じ若い子が聞いたら驚くのでは」

龍太郎が圭子に向かって言った。

「流行は浮き草ではないでしょうか」

「これは参りました」

圭子の立ち居振る舞いに柔らかさ、しなやかさを内にため、色気を出さずに感情を表現する素養をすでに身に付けているのを見て取った龍太郎が驚くような眼差しで圭子をまじまじと見つめ、

「立ち入ったことを伺《うかが》いますが、お母さんのお仕事は」と訊いた。

「お茶屋の女将《おかみ》をしています」

龍太郎がさらに訊き出そうとした。

「つかぬことを訊きます。いいですか。別府さんは簿記学校の生徒さんですね」

「そうです。実は大学の試験を受けたのです。けれども、答案の欄に答えを書くときに違う欄に書き入れ、終わる間際に気付いたのですが、諦めてしまいました」

圭子が悪びれもせずに答えた。

「そうですか。それは惜しい」

龍太郎が慰めるようにして言った。

「いい勉強になりました。簿記学校のほうが簿記などを習得できますし、大学を出ても就職に困りますので」

「それはそうです。早く仕事につきたかったのでしょう」

「はい、そうです。失敗したから言うわけではないのですが、大学を出ても仕事ができない人がいます。東大までとか東大止まりという言葉が囁《ささや》かれています」

この言葉を耳にして、龍太郎の表情に陰りが見えた。そのことに気付き、圭子が念を押した。

「失礼なことを申しましたでしょうか」

龍太郎は次男の源太郎を思い浮かべていた。大学は出たが働かず、家に籠りがちで、家族の心に暗い陰りをもたらしていた。龍太郎も忙しさに紛れ、解決を先送りしていた。彼は、武田製作所に仕事を発注してくれる会社の産業医である畠中懿《あつし》医師に事情を話し、畠中のもとに勤めている吉田哲雄医師を紹介してもらった。吉田が、ときどきではあるが龍太郎の自宅で源太郎を診ていたのである。

圭子の言葉が、源太郎とのそれまでの関わりを龍太郎に改めて気付かせた。しかし、圭子が龍太郎の家族のことを知るはずはないと思い直して、言った。

「立派ですね。お母さんを助けたかったのでしょう」

「でも税理士には届かないので、簿記一級の試験を受けようと思っています」

「志は素晴らしいが、今のままで充分です。と言うのは……」

龍太郎が言いかけると、

「お仕事をいただいて感謝しております」

と、流れを変えた圭子の言葉に、龍太郎は面食らっていた。

龍太郎は圭子の立ち居振る舞いに感心していた。現実をありのまま受け入れ、着実に生き抜こうとしている圭子の気概に脱帽し、虜《とりこ》になっていった。

「お母さんはお茶屋の女将さんと聞きましたが」

「そうです。母がこの会社を教えてくれたのです」

「そうですか。一度訪ねてみてもよいでしょうか」

龍太郎が言ったとき、

「えっ」

圭子が驚き、声を詰まらせた。

「日本舞踊を習っていると聞き、力になろうかと思いまして」

龍太郎が言うと、

「習いごとですから」

と圭子は恐縮し、あとずさりしながら断ろうとした。それに抗うようにして、

「簿記だけでは一級の資格を持っていても生き甲斐に繋がらないでしょう。多くの会社は男社会で、女性の能力を正当に評価しないのが実情です。日本舞踊で名取になり、ご自分の評価を高める生き方がよいのではないでしょうか」

龍太郎が言った。

圭子の表情が変わり、

「そういう生き方も考えようによってはよいですね。受験に失敗し、簿記学校に志願したときの心境の変化を思い出しました。生き方を変えようとしたのかな」

と呟くようにして言った。

龍太郎が満面の笑みを浮かべて何度も頷いた。


吉田が初めて武田龍太郎の屋敷を訪ねたのは、まだ梅雨明け前の頃だった。渡された地図を頼りに歩き、駅を出て十数分ほどして小さな路地が見えた。私道なのかどうかは分からなかったが、車がすれ違うことができる。

左側に、なだらかな傾斜の上に丘が広がっていた。右側は平地で、草が生い茂っていた。荒れてはいない。ほどほどに手入れがされているのだろう。

それにしても広い。武田龍太郎の土地なのだろうかと思いを巡らしながら、吉田は歩み続けた。ほどなくして家の玄関に辿《たど》り着いた。

門構えのある屋敷の前に立ち、

「ごめんください」

と声を張りあげた。大きな構えにいささか圧倒されていたせいで、思わず声が大きくなっていた。

屋敷の後ろになだらかな坂があり、両側に小高い森が続いていて、公園かと思わせる景観に見とれてしまった。

挨拶を終え案内されて、玄関から廊下を通り、居間に入った。洋間で、みごとな松の盆栽が目に入った。大きなガラス窓から見える広い庭にはこれと言った植木は見当たらなかった。庭園というにはふさわしくない光景だった。自然に任せているといったほうが適切だろう。武田龍太郎の飾り気のない性格が表れているのかもしれない。

一人の若い男が、大きな体を丸めながら居間に入ってきた。

「あの、どちら様ですか」

椅子に座り、吉田に話しかけた。

「吉田哲雄といいます」

「吉田さんですか」

「お父上から聞いていらっしゃいませんか」

「いいえ、何も」

「お父上は武田龍太郎様ですね」

「そうですが」

「あなたが源太郎さんですか」

「ええ」

「お父上が、取引している会社の産業医に、自宅へ往診してくれる医師を紹介してくれるように依頼された、と聞いております」

「それで」

「産業医は私の上司で畠中懿といいまして、武田様のご依頼を承り、私に訪ねるようにと申しました」

「上司の言いつけにしたがって訪問したというわけですか」

「事情がおありだと思いまして、お伺いしました」

「事情など何もありませんよ」

源太郎が他人事《ひとごと》のように言った。

「お父上が依頼されたのは、それなりの理由がおありだったのではないでしょうか」

吉田がさらに膝を乗り出し、訊いた。

「源太郎さん、いや失礼しました。武田さん、ご自身が困っていることはないのでしょうか」

「いや、この通り元気ですよ」

源太郎が両手を振りながら答えた。頬が緩み、笑顔をつくっているが、目はすわったままだった。その表情を見て、吉田はあえて深入りするのを避けた。

「そうですか。お父上にもう一度伺い、改めて――」

吉田が言いかけたが、

「けっこうです」

と、源太郎が答えた。

糠に釘もどきの問答がくりかえされた後に、吉田は部屋を出た。そのときドアの前に母親の祐子が立っていたことに気付いた。聞き耳を立てていたに違いない、と吉田が察した。

「源太郎が何を言うのか気になりまして」

祐子が気まずそうに顔を歪めながら言った。

「ご心配でしょう」

吉田が気遣うように言った。

「ええ、心配で。この間、源太郎がいきなり私の襟元を摑《つか》み、体を持ち上げたのですよ」

「それは怖かったでしょう」

「でも殴ったりはしませんでしたよ」

祐子の話を聞いて、

「よく分からないことが多いです。また改めて伺いましょう」

寄り添うように吉田が言葉を投げかけると、祐子が言った。

「入院させるのはいかがでしょうか」

「そうですね。入院していただいて生活の送り方を診てみることも方法としてよいかもしれません。しかし、ご主人ともどうしたらよいか話し合うことが大切です」

吉田が拙速な手段を諫めた。

「でも、主人があの通りでしょう」

「どういうことでしょうか」

吉田が祐子に訊き返した。

「ご存じじゃありませんか」

祐子が意外な顔をして言った。

「存じあげませんが」

吉田の素っ気ない応答を耳にし、

「実は主人は他所《よそ》に女を囲っていて家に居ることが稀《まれ》なんです」

上目遣いに吉田を見つめながら、祐子が言った。

「いろいろな生き方がありますから。詳しいことはまたの機会に伺います」

吉田は表情を変えずに答え、数分して次回の訪問を約束し、屋敷を後にした。


武田龍太郎がお茶屋に出向いたのは、女将である別府千秋に逢うためだった。

商談の際に設けることの多いお茶屋での接待は、龍太郎にとって勝手知った場所だった。

圭子には、母親の千秋をよく知っていることを伏せていたのである。

海岸沿いに構えているお茶屋は数軒あった。数軒あるうち料亭と隣り合わせに建っているのが、通いなれている「卯の花」である。

どんな田舎でも、宿場町の通りに面した家並の何軒かに格子窓を見かけることがある。

だが、ここは宿場町ではない。

表に面していて人目を惹く「卯の花」の弁柄格子《べんがらごうし》は、いかにも上方ふうの造りであり、千秋の思い入れが込められていた。

海から吹き寄せる潮風が心地よく頬をよぎる。埋め立ての計画があるが、龍太郎は反対の意思を表明していた。潮風にあたると、時代の勢いに流されてはいけないという気持ちになる。不思議だ、と思いをあらたにする。環境というものは恐ろしい。慣れてしまうと景観の素晴らしさも分からなくなる。龍太郎は千秋にその思いを話した。

奥の客間に通された龍太郎は、床の間を見てその造りに目を奪われた。

床の間は横長で天井が低く、客間が広く見えた。床框《とこがまち》に置かれた一輪挿しに藤袴《ふじばかま》が活けられ、掛け軸に「恕」という字が書かれていた。

「社長が埋め立てに反対していると聞いて心強いです」

千秋が改まって礼を述べた。

「ところで、今日はお願いがあります」

「どんなことでしょうか」

「芸妓を呼んでもらえないだろうか」

「まあ、社長お一人でですか。それと、ここは関東です。芸妓とは言わず、芸者と言います。社長はご存じのはずなのに」

「失礼しました。関西方面に社用で出向いたりするので混同しました。今日の頼みは、景観の保存と関係がある」

「え、どういうことですか」

「埋め立てたら風情がなくなり、製油所の石油の匂いで、お茶屋の客足も遠のいてしまう」

「そこまで心配されておられる社長さんのお心遣いはうれしいです」

「お茶屋の文化を絶やしたくない」

「そうですね」

千秋と龍太郎の話は尽きなかった。

だがどうして社長はそう考えるのだろう、と千秋は思いを巡らせ、あれこれ考えたが分からなかった。お茶屋を絶やしたくないという思いだけは伝わってきた。

詮索するのは止しましょう、と、千秋は心の中で呟いた。

「別府さん」

龍太郎が改めて声をかけた。

「あら、女将でいいのに」

「いや、お願いがある」

「どういうことでしょうか」

「芸妓さんをいや、失礼、芸者さんをお願いし、入り口で迎えたい」

「え、これまで通りでよいのでは。置屋さんも不思議に思いますよ」

「いや、世に受け継がれている文化を基本から見直したい」

「まあ、どういう風の吹き回しでしょう」

「そう言わずに学び、学び」

「分かりました。一緒にお出迎えさせていただきます」

「恩にきます」

龍太郎が深々と頭を下げた。

一時間ほどして、芸者が二人並んで来るのが見えた。よく見ると二人とも着物の裾を左手で持ち静かに歩いている。龍太郎はその姿を見て、芸は売っても身は売らないという意味の―左褄《ひだりづま》を取る―という所作に芸者としての矜持を読み取り、改めて感心した。

「よくできている。いい経験をしました」

龍太郎が千秋に礼を述べた。

「今日の社長さんはまるで別人のようで、なんか戸惑います」

「そうですか。ご苦労をかけます」

龍太郎が深々と頭を下げた。

芸者が入り、千秋が二人を従え、改めて挨拶をした。結界《けっかい》を張《は》るという意味合いを込め、舞扇を前に置いて挨拶する所作に矜持を読み取り、龍太郎は再び感心した。

「関西の芸妓となんら変わらない」

龍太郎が呟くのを千秋が耳にして、「今日の社長さん、本当に別人のようです」と囁き、

「何かおありのようですが」

と、千秋が改めて訊いた。

「別の日に、折り入って話したいことがあります」

龍太郎が、真顔で千秋に言った。すると千秋が応えた。

「そうそう、お座敷はいかがいたしましょう」

お茶屋「卯の花」は、小さいながら料亭と隣り合わせに構えているので、差し迫った事情があるときには即座に用意することができる。慣習を気にしない龍太郎のようなお客はいない。無礼を承知なのはお互いさまであった。

「今日は『卯の花』だけにしましょう」

「踊りは客間でなくお座敷でないと」

「女将の三味線で踊れないかね」

「芸者さんに悪い」

「女将は立派な名取でしょう」

「しきたりが」

千秋が言うと、

「分かりました。お座敷に変わりましょう」

と、龍太郎が、しきたりを守ろうとした千秋に従った。

龍太郎は廊下伝いに別棟の瀟洒《しょうしゃ》な料亭に移り、芸者の舞に興じることにしたが、食事はしなかった。

お茶屋も料亭も千秋が仕切っていたことを龍太郎は承知していたが、芸者は千秋の差配に従い、舞を舞い、座をもりあげていた。

急だったので三味線を千秋が弾き、「潮騒」を歌いあげた。千秋が三味線を弾くのは珍しい。

千秋は京都で舞妓から芸妓へと進みながら、舞踊を厳しく学んで修業を続けた。そしてこの地に稽古場を開き、上方の地唄舞をこの地に定着させようとして、お茶屋「卯の花」を構えたのである。そのことを龍太郎はよく知っていて、信頼を寄せていた。
千秋は「潮騒」を唄い、芸者が唄に合せて踊り始めた。

憎さどころか　いとしさばかり
遠い潮騒　さわぐ胸
・・・・・・
咲いてみだれた　夜が恋し　夜が恋し
・・・・・・
思いささげて　悔いないけれど
心がわりの　哀しさよ　哀しさよ
・・・・・・
恋の闇路を　照らしておくれ
こんな女の　行く末を　行く末を

しんみりとした歌の雰囲気に、龍太郎は知らず知らずのうちに引き込まれていた。

「潮騒」を選んだ千秋の意図を龍太郎は訝《いぶか》った。しかし詩句から、藤袴の「あの日を思い出す」という花言葉を思い起こし、龍太郎はさまざまに思いを巡らしていた。

千秋の心遣いに龍太郎は改めて感心もし、頼り甲斐があるとも思った。

芸者が帰った後に龍太郎が言った。

「別府さん、圭子さんは女将さんの娘さんですね」

「お世話になります」

「最初から言ってくだされば」

「あの子の失敗談をお聞きになりましたでしょう」

「答案用紙をまちがえた」

「ああいう子ですから、自分で切り開いてくれることを願っているのです」

「別府さんらしい」

龍太郎が言葉を繋いだ。

「ところで、あの子、きちんとお仕事をしていますか」

「いや、想像以上です」

「社長さんの社員に対する評価はきびしいと伺っておりますが」

「もったいない。圭子さんは埋もれさせてはいけない人材です」

龍太郎の言葉に、千秋は隠された意図を読み取ろうとした。

千秋は、龍太郎との言葉のやり取りに緊迫した呼吸を感じ取っていた。

その緊張感を解きほぐすように、

「かんじんな話だけど、またにしましょう」

と、龍太郎が切り出した。

「そうですか。社長さんにとってはかんじんでしょうけど、中途半端ですね」

「いや、真面目な話なので」

「じゃあ、日を改めて予約をしてください」

「予約を？」

「常連さんですけど、しきたりですので」

「そうですね」

「いろいろな方がおられます。信頼を損ねる方もおりますので」

「よく耳にしていますす。付けを最後まで始末をしないこともある」

「よくご存じで」

「お茶屋の苦労話は話題になっています」

「ありがとうございます」

千秋がお礼を言うと、

「日を改めて予約を入れます」

龍太郎はそう言い、帰っていった。

二　工場の女性たち

「社長、この支出はこのままでよいのでしょうか」

別府圭子が帳簿を見せながら龍太郎に問い質《ただ》した。

「ああ、それは岩瀬さんへの給料です」

「岩瀬睦子さんはどんなお仕事をしているのですか。家族手当の額もこれでいいのですか」

「岩瀬さんは、修理や整備、そして車検を主な仕事とする武田整備工場の主任です。家族手当は企業独自に額を決めてよいのです」

「出勤日が多いのですが」

「管理監督は日報を点検する大事な仕事です。納期を顧客の希望に合わせるため、土日の出勤もあります」

「分かりました」

圭子は問い質すのをやめ、席に戻ろうとした。

「圭子さんはよい仕事をしている」

龍太郎が言葉をかけた。

「ありがとうございます。実は、もう一つお訊きしたいことがあります」

部屋を出ようとした圭子が、帳簿を手にして龍太郎に向き直った。

「有賀倫子さんのことでしょう」

龍太郎が機先を制し、言った。

「睦子さんと同じですか」

「そう、そう。優秀な方で、武田部品工場の主任補佐です」

「倫子さんも睦子さんと同格ですか」

「信頼しているのです」

「倫子さんの給与は睦子さんと同額ですし、住宅手当と家族手当は妥当でしょうか」

「実家が荒川で、父親が一人で住み、倫子さんは別の住まいを借りて住み、母親も同居している。会社の近くに住むように勧めているが、電車で通うのが気分転換によいし、母の手助けがありがたいというので希望通りにしました」

龍太郎は、圭子が倫子の処遇に得心がいかないように思えて、

「倫子さんのことを知りたがるように思えるが」

と圭子に問いかけた。

「倫子さんはどういう方ですか。女のお子さんがいらっしゃるようですが」

「なんていうか、シングルマザーです。そのうちに分かります。身上書は公にできない。なんなら睦子さんに訊いてみたら」

龍太郎がはぐらかすように言った。

「結構です」

圭子はそう言い、社長室を後にした。

龍太郎が経営している工場は整備工場であり、工場を統括する事務所として武田製作所という社屋を構えている。

武田製作所は首都圏で中堅の会社として評価されていた。営業を担当している長男眞一の働きによるが、龍太郎の根回しに負うところも大きい。

龍太郎は所在地の市長とも親しい。

市長の飛鳥井は龍太郎の大学の同窓生で、なにかにつけて話題にあがる人物だった。革新陣営にありながら保守層にも好感を持たれている。龍太郎と「卯の花」で食事を共にする気さくなところがある。

龍太郎が提携している大手の自動車会社とのつながりも、市長の助言があったからである。金銭の授受のない、清廉な仲であった。疑惑の話題にもならないのは、市長の人望によるところが多い。

圭子は、龍太郎の経営者としての手腕のほどを知らない。母千秋からは社長とだけしか聞いていなかった。しかし圭子は、龍太郎が町工場の社長にしては有能だという印象をいつしか抱いていた。

龍太郎は、社員に向かって「さん」付けで声をかけている。君などとも言わず、必ず「さん」付けで声をかけ、問うべきことを問いかけていた。

先端を行く技術の情報をいち早く把握し、惜しみなく投資をしていた。社員第一、そのための工作機械の改良に力を注いでいた。整備士を数多く配置し、顧客の要望にも応えていた。工場内の整理整頓を心がけ、業務上の事故防止にも努めていた。信頼している産業医、畠中懿の助言に負うところが多い。労働基準監督署の監督官の評価も高いと言われていた。

このような評価を圭子は知らない。臨時雇いの立場では情報は少ない。帳簿でしか得られない情報で社長に問い質すことには無理がある。

睦子についての情報も、出勤簿と給料でしか知り得ない。

釈然としないまま、圭子は社長室を後にした。


岩瀬睦子は整備工場を任されていた。部品は純正品の数だけでも数千点はある。専門的な知識を必要とされるが、主任補佐である有賀倫子の力添えもあって、睦子が瑕疵《かし》を指摘されたことはない。

整備工場は修理工程にも繋がる。睦子の手腕は定評がある。部品が置かれている棚を瞬時に言い当てる。社員も一目を置いていた。

睦子が武田龍太郎の第二夫人であることは社員に知れ渡っていた。しかし、そのことをとやかく言う者はいなかった。

工員を職人さんと呼び、疲れないように気遣ってくれた。修理を依頼しに来た際に、顧客を交えて、担当する整備士と工程や納期を話し合い、約束は守った。無理のないように日程を調整し、整備士の健康にも気を配っていた。

当初に車検の指定工場にと主張したのは、睦子であった。

龍太郎は工場の拡張には消極的であったが、睦子が時代の変化を見据えてあえて進言した。

「大きくして負担にならないか」

龍太郎は睦子に念を押した。

「時代を読み取らなければ潰《つぶ》されますよ」

「地道にやればそういう懸念はしなくていいのでは」

「そういう地味な考えでは成長路線には乗れません」

「すごい気迫だね」

「茶化さないでください」

「茶化しているわけではない」

「社長よりも私のほうが若い。やれることの年数が、悪いけれども私のほうが長いのです」

龍太郎は、思わず睦子の顔を正面から見つめた。

「指定工場であるためには、検査ラインを設置しなければなりません。検査にかかるスペースや設備が必要です。整備士も国家資格取得者を雇わなければならないことも承知しています」

「それはそうだが」

「スペースも余裕があります。設備投資にかかる費用が高いことも承知しています」

「それは承知しているが」

「社長の決意しだいです。なによりも時代の先を行く」

「分かりました。でも睦子さんの肩の荷が重くなりませんか」

「それは覚悟の上です」

「従業員はどうしますか」

「社長が常日頃からおっしゃっています」

「どういうこと？」

「会社を維持するうえで最も重要な資産は労働者だと言っています。私、この言葉を常に噛《か》みしめながら職人さんに接しています」

「そうです。その考えを大事にして初めて、職人さんの能力を生かすことが可能になる」

「社長さんのおっしゃることが付け刃でないことが分かりました」

「私の考えを理解してくれていたことが分かった。ありがとう」

　龍太郎は睦子に向かって深く頭を下げた。

「とんでもない。これも縁《えにし》かしら」

「そう、そう。縁《えにし》、いい言葉です」

「きっとうまくいきます」

睦子が、笑みを浮かべながら言った。

「承知した。資産を豊かにするための資金繰りに取りかかりましょう」

龍太郎は言い終わると、すぐさま出かけた。龍太郎の行動力には定評がある。決断するとすぐ行動に移す。誰もがその速さに驚く。提案した人が逡巡している間に動いているのだ。後悔はしない。幸運の女神には前髪しかない。それを摑まなければ幸運はやってこない。龍太郎の処世訓である。

龍太郎は、睦子と睦子の子の将来に配慮していた。認知の申し出は断られたが、工場の繁栄が二人にとって切実な課題であることを龍太郎は承知していた。

一年ほどで、国家二級の整備士を有する整備工場が完成した。昭和五十五年のことである。

工場には排気筒が備えられ、天井の高さも五メートルはある。整備士の体への負担を軽くするためである。車体の下に潜り込まなくても済むようにした。

労働基準監督署の監督官も、働く人への安全配慮への工夫が施されていることに関心を寄せ、同業者へ見学を呼びかけようと考えたほどであった。

職人や整備士の中には睦子を社長と呼ぶ者もいて、龍太郎を親父さんと呼んでいた。睦子の子は紀夫といい、もう成人に近かった。ときどき職場に来たが、皆に可愛がられていた。社員が気遣うといったような歪みなど、微塵《みじん》も感じられなかった。睦子は住まいも工場の近くにあり、緊急時には素早く駆けつけていた。

住まいは、高専の建築科で学んだときの同期生の設計に基づいて施工された。一階は個室が二部屋、畳の部屋、台所と居間があり、南向きにベランダがあった。二階も同じ構造で、親子が用いていた。玄関が同じということで不便さはあったが、防犯を兼ねていて安心感を優先していた。

一階は職人の仮眠や就職したばかりの従業員の短期間の居住に用いられていた。驚くことに、家賃は居住者が負担するのだが無料に近い。

睦子の発案で、龍太郎が同意していた。

仕事一筋の母に、紀夫は不満をもらしたことがない。龍太郎の第二夫人であることは紀夫も睦子から言い聞かされていた。隠しごととされることが不自然であり、事実を歪めたりすることを睦子が嫌っていた。紀夫も、中学を卒業し高校に進学する際に戸籍を取り寄せ、記載内容をあるがままに受け入れた。龍太郎が認知していないことが分かったからである。

龍太郎そして睦子あっての自分と考え、婚外子としての自分を受け入れ、命を繋いでくれたことに、紀夫は感謝していた。

睦子は岩瀬の姓を大事にし、紀夫の姓も同じく岩瀬とした。

岩瀬親子の家訓は「感謝」である。

「内部保留を土地の購入に充てる。その土地にアパートを建てようかと考えています」

主任補佐である有賀倫子が提案した。

それを聞いて、

「それはいい案だ。一部に社員に入居していただけるといい」

龍太郎がその案に賛成した。

「でも車種がこうも増え、部品も複雑になるとついていけるかどうか心配で」

「倫子さん。睦子さんと一緒に通信機メーカーのクリーンルームの見学をしてみないか」

「半導体ですか」

倫子が驚いて訊き返した。

「産業医が非常勤で関わっているメーカーを紹介してくれる」

「半導体まで広げるのですか」

「いや、半導体がどういうものかを知っているだけでいい」

「お願いします」

倫子が目を輝かせて言った。

ひと月ほどしてから、睦子と倫子が睦子の息子紀夫を連れて、通信機メーカーを訪ねた。

心理職員が、クリーンルームに向かう途中で、フロン液がタンクに入っていてチップを洗浄するときにはフロンガスとして用いられる、と説明してくれた。

クリーンルームに入る段になり、防護服に着替え、マスクを装着し、キャップを被ったときに息苦しさを覚え、倫子が思わずしゃがみ込みかけた。

「大丈夫ですか」

心理職の福留勇二が声をかけた。

「失礼しました」

気を取り戻した倫子が詫び、背筋をのばした。

ウエハーに回路を形成する過程を見学したが、よく分からなかった。

「難しい」

倫子が驚き、思わず呟いた。

二時間があっという間に過ぎた。

汗だくになった倫子が大きなため息をもらした。

「ブルーカラーの仕事ですよ」

福留が言ったとき、紀夫の表情が変わった。それに気付いた睦子が紀夫の袖を掴み、あわてて出口へと進んだ。

帰りに、福留が半導体のチップを塡《は》め込んだネクタイピンを、お土産と言って差し出した。倫子は複雑な思いをして会社を後にした。

「クリーンルームは高嶺の花ね」

倫子が言い、

「基礎的な知識を得ること、経験を積むこと。それだけでいい」

紀夫が応じた。

「紀夫が福留さんの言葉に反応したけど、どうして」

　倫子が問いかけると、

「ブルーカラーの仕事、って言ったのには違和感を覚えました」

　紀夫が不機嫌な面持ちで答えた。

「社長も話していました。現場で働く人の価値を認めなければいけないと、常々話しています」

　と、倫子が言うと、

「そうです。人の働きは値段で決めるのではなく、価値があるかどうかで決めるべきです」

　と、紀夫が応じ、倫子が同意するように言った。

「物づくりは大事ね」

「設計に基づいて作るけれども、その過程で改良の余地があることに気付くのは造っている人ですよ」

　紀夫が言い、

「そうね。造っている人を蔑むようじゃ、値段で決め、安いほうに発注するのは自然の成り行きね。中国や東南アジアに技術と共に工場が移される」

倫子が不安な面持ちで話し続けた。

睦子と紀夫は、将来どうなることかと思案し続けていた。

「経営者が中国や東南アジアへ工場を移転したら、技術も渡り、仕事が少なくなることは目に見えている。開発途上国支援とは言うけれど、政府は先を見越しているのだろうか」

紀夫が不安げに言った。それに対して、睦子が長々と語った。

「社長が言っていた。中国は指導者がよく変わる。前歴がどうであろうと指導力があれば王として君臨できる。国をまとめることが優先され、民のことなど顧みない。恐ろしい国だ。でも民が立ち上がったらがらりと変わる。今は貧しくとも収奪に気付いたらしっぺ返しに遭う」

「でも何年先のことかな」

紀夫が言い返した。

「そう、それを考えて現状維持につとめ、倒産しないように計画を今のうちに立てないと」

倫子が、紀夫に同意を求めるようにして言った。

倫子から話を聞いて、

「よく考えたね。策を講じよう」

龍太郎が、紀夫を交えて話し合うことを睦子や倫子に提案した。

龍太郎は、市長の飛鳥井との交流で経営者との知遇を得て、武田製作所を中企業まで育てていた。

飛鳥井は、市長に当選した翌年に東京オリンピックが開かれ、日中平和友好条約が締結された昭和五十三年に市長を退任し、後に党首についた。龍太郎の絶頂期に当たる。大学の同窓という縁ではあるが、飛鳥井の存在そのものが龍太郎の心を鼓舞し、励んだだけのことである。

だが時代は大きく変わろうとしていて、現状維持を余儀なくされていた。中国への技術移転、円借款が継続され、時の首相の中国訪問が中国への傾斜を強めていた。

龍太郎は憂いていた。中国への投資が間断なく行われ、経営者もそれをよしとして同調者が増えていった。中国が世界の工場になる。恐るべきことだ。

龍太郎は、将来予測される禍根を断つ策として、中国への工場移転の勧めを断り、設備の改良を行った。

同業者が大丈夫かと懸念をもらしたが、融資を受けて土地を新たに求めようとした。銀行が説明を求めた際に、龍太郎は中国特有の政変への憂いと民の労働搾取に与する考えのないことを述べた。

そのとき、融資の担当者が訝しげな表情を浮かべていたのに龍太郎が気付き、

「なにか問題でもありますか」

と、皮肉交じりに言いのけた。

「いいえ、社長の見識の深さにただ驚いております。担当部長と検討させてください」

担当者が奥の部屋に入っていった。

まもなく、担当者が戻り、深々と頭を下げて言った。

「長年のお付き合いですから、融資に応じます」

抵当物件は、一つの工場と社屋であった。

同業者の間では、土地の購買ブームに乗ったと囁かれていた。

二階建てのマンションが二棟建てられた。設計は全く同じで、一階に寝室一部屋、居間とキッチン、トイレ、浴室、二階は寝室が二部屋と居間、キッチン、トイレ、浴室である。社員が借りたければ応じる。社員以外の借り手がいれば貸すということにした。

工場と駅との中間の位置に建てているので、入居者にとっては便利だと考えたのである。管理は、懇意にしている不動産屋に依頼した。

登記は社長名義にしていた。社員の福利厚生で転出を食い止めることが第一義と考えたのである。

龍太郎の考えは睦子親子にも伝えられていた。

睦子は相変わらず忙しい毎日を送っていた。

息子の紀夫が二級の整備士の資格を取り、車検の受注も軌道に乗り、武田製作所は勢いづいていた。

睦子の蓄財は堅実そのもので、その最たるものは投資にみせる才覚である。これと注目した株を買い求め、浮き沈みに惑わされなかった。給与と家族手当から資金を捻出し、時代の勢いに助けられながら積み増していった。時代がちょうど昭和六十年にさしかかり、景気も上向きになっていた。

しかし、やがて睦子は株の売り買いから手を引いた。信用取引や空売りがなされるようになり、その危うさに気付いたからである。その代わり金《きん》を買い求めていた。戦乱を幾度か経験したヨーロッパの人々にとって、金が財産として最も安全であることを語っていた記事を読んでいたのである。大幅な値上がりは期待できないが堅実であると、睦子は考えていた。

質素な日常生活を送る睦子は、龍太郎が気分転換を勧めても話に乗らなかった。自分が置かれている立場をよく弁《わきま》えていたのである。第二夫人であることに変わりはない、と常々自分に言いきかせていたのだ。だからといって、自分を卑下することはなかった。

いわゆる財テクに腐心することもなく、緩くなった融資を土地購入にあてていた。新車購入など眼中になかった。

工場の拡張とともに、トイレを男子用と女子用と二つ設け、少人数ではあるが職人のための営繕を整えて昼食を用意した。やむなく残業する職人は夕食も摂《と》り、宿泊できるようにした。新車ブームで車検や修理が増えた。

紀夫も、同じように働いた。

昭和六十三年、世は潤沢な資金による高級輸入車を購入する人が増えたが、車検や修理に加え、納期の短縮を申し出る顧客がいて、整備士の負担が増した。

武田製作所の収益は増したが、苦労も重なった。

睦子はヨーロッパの人々の苦い経験を改めて学び、いつしか会社が崩壊するのではないかと内心恐れていた。龍太郎も好事魔多しという格言を忘れず、現状維持に努めた。

「社長、利益を留保したいのですがよろしいですか」

睦子が龍太郎に話しかけた。

「そうするといい。自己資本比率を七〇パーセントに保てるようにし、利益剰余金として計上すること」

「そうですね」

「役員報酬を引き上げる」

「職人さんも」

「社宅をふやそう」

「諸経費がかかるのでは」

「社宅は会社の資本として残る」

「でも掃除とか賄いとかはだれがするのですか」

「人を雇えばいい」

「そういう人への心遣いが」

「主任の役割」

「そうですね、でも景気がいいのも善し悪しです。車種を覚えるのが大変」

「ダットサンやブルーバード、スカイラインの段階まではやれるでしょう」

「車検や整備ですから」

「行政書士の資格も得たことだし」

「大変でしたよ」

「睦子さんの才覚の賜物」

「おだてるのがうまい」

「将来を見越しているだけのこと」

龍太郎は、会社の財産を睦子と紀夫のために遺産として相続できるようにと考えていた。龍太郎なりの宗教観に基づいていたのである。シングルマザーである倫子と倫子の子みどりについても同様に考えていた。

三　檀信徒・龍太郎

龍太郎は、真言宗の檀徒として年に一度の高野山詣でを欠かさなかった。高野山真言宗では、宗憲第十三条に『高野山真言宗の教義を信奉し、寺院又は教会の護持運営に協力する者を檀信徒とする』と定めている。

龍太郎の父・貞孝は布施とお寺の諸行事への参加、供養と礼拝、墓参り、家庭での日常のお勤めを檀信徒として大切にしていた。

貞孝も還暦を超え、お勤めがままならなくなり、龍太郎を承継者として届けていた。健康な体力が要るからである。

龍太郎が父と高野山の金剛峯寺へ初めて参詣したのは、十八歳のときであった。東海道本線で横浜から大阪まで八時間かかり、大阪から高野山までさらに二時間かかる長旅であった。

大阪までの車中で、貞孝が高野山真言宗について龍太郎に話し続けた。

龍太郎の祖父に当たる貞孝の父真人が高野山真言宗の檀家信徒になった経緯なども話した。日露戦争に従軍した人々の話を耳にした真人は、戦争の悲惨さを思い、安心感が得られてはじめて命を守れる、と気付き、高野山真言宗の信徒になったのだと聞かされた。信徒になったばかりの頃に真人は深川不動堂の護摩祈禱に圧倒され、心身が癒やされたことを終生忘れなかった、ということも聞かされた。

「護摩祈禱のときのお祖父《じい》ちゃんのお願いごとは何だったのだろうね」

龍太郎が父に訊ねた。

「命、安心感という心願成就と言っていたよ」

貞孝が神妙な面持ちで答えた。

「そう言えば、お父さんに連れられて一度深川不動堂の護摩祈禱に行ったことがあった」

龍太郎が感慨深げに言った。

護摩焚きの炎、読誦される真言・陀羅尼の響き、大太鼓の衝撃が、五感を通して龍太郎の心身を救い、癒やされたのが、昨日のことのように思い出された。

「お前のお願いごとは何だった?」

貞孝が龍太郎に訊いた。

「願いごとは一つだから、何だったのか思い出せない」

龍太郎が正直に答えると、

「学業成就かな」

貞孝が冷ややかに言い添えた。すると、

「いや、あのときはなんか体調が思わしくなかったのです」

と、龍太郎が言った。

「どうして言わなかった」

貞孝が不安げに言い、

「親は子どもの心配をする。それが親なのだ」

貞孝が諭すように龍太郎に言った。

「そうだ、病気平癒を願った」

龍太郎が済まなさそうに言った。

「不安や心配ごとは隠したがる」

貞孝が言うと、

「そうです、心の奥底にしまい込んでいたので思い出せなかった」

と、龍太郎が、ぽつりと言った。

「親に心配をかけたくないという思いが逆に親を心配させるのだよ。病気のまま、貧乏なままで現在を楽しく生きよう、というのが真言密教の信徒の信条なのだ。仏からの力が私たちに加わってくると信じてよい」

貞孝の言葉に龍太郎は深く頷き、黙り込んだ。

親子ならではの会話を、龍太郎はいつまでも記憶していた。

大阪で宿をとり、翌日、高野山内の宿坊に午前十一時に着き、宿泊の手続きを済ませた。昼食も摂らずに、貞孝は龍太郎を連れて奥の院に向かった。参道の入り口近くにある小さな墓石を指して、

「お前のお祖父さんのお骨が納められている」

と、龍太郎に教えた。

「お祖母《ばあ》ちゃんは？」

龍太郎が訊き返すと、

「一緒だよ」

と、貞孝が答えた。

「ここにお先祖様がおられる」

龍太郎がしみじみとした口調で言い、腑に落ちたように表情を引き締めていた。

「龍太郎、お前は一人息子だ。承継するのはお前しかいない。いいな」

貞孝が念を押すように言った。

貞孝は龍太郎と一緒に宿坊に帰り、体を休ませた。

滔々《とうとう》と流れる湯に浸かりながら、龍太郎は来てよかったと思いを新たにしていた。

翌日の午前九時に始められる墓所総供養奥の院大施餓鬼会に参列するため、貞孝と龍太郎は早々と眠りについた。

奥の院灯籠堂において墓所総供養大施餓鬼会が権検校、導師、高野山住職のもと執り行われた。法会を開いた後、御廟の左手にある納骨堂の奥で施餓鬼供養が行われた。

法会が終わり、貞孝が龍太郎を伴って参道を歩き、金剛峯寺、壇上伽藍を拝観し、宿坊に戻った。

二泊目ではあるが、精進料理の夕食に舌鼓を打った後に庭園をながめた。枯山水庭園は素晴らしかった。

前夜に続き、流れる湯に浸り、龍太郎は承継者としての自覚を新たにした。

貞孝には子どもは龍太郎のみだったことも考慮され、法が定める二十歳に満たないが龍太郎は承継者として認められ、貞孝はその配慮に感謝していた。

大学へ進学してからの龍太郎の一日は、朝四時に起床し、洗顔を済ませてから衣服を整え、口をすすぎ、手を洗い、身を清めることから始まった。

龍太郎の家では祖父の代から真言宗の仏壇の祀り方を守り通し、龍太郎が引き継ぐ形になっていた。

近くに高野山真言宗金剛峯寺の末寺がある。たびたびの災害などを経て、大正十五年に高野山金剛峯寺の直末となったと言われている。

この寺で何としてでも命を守ることを教わった龍太郎の祖父真人は、明治二十三年生まれであるが、日露戦争に従軍した信徒である人々の話を聞き、平和という理念は身近に安心感あってのことであり、命を守り抜くことの一語に尽きる、と心底から信じるようになった。真人の息子である貞孝が、真人の願いを入れて末寺の許しを得て墓地から真人のお骨を分骨し、高野山真言宗の奥の院の参道沿いにある墓地に納めたのである。

貞孝は真言宗末寺の檀徒としての勤めも果たし、奥の院の法会に毎年五月に参列していた。龍太郎は、三代目ということに重責を感じていた。

龍太郎の家の仏壇は、貞孝が仏具屋に依頼して造らせたものである。訪れた客が、本格的な仏壇の構造と基本的な仏具の備えに目を見張る。

身を清めた龍太郎は仏壇の前に進み、蠟燭《ろうそく》に火をともし、その火で三本の線香に火をつけ、香炉に立てる。それから右手を仏さま、左手を自分として、仏さまと自分が一体になるという気持ちで合掌する。その際に五指を互いに組み合わせ、右手の指が上になるようにしている。

念珠は振り分け念珠で、右手の中指と左手の中指にかけて手の中で包むようにして軽く擦る。

そして合掌したまま、五体投地の礼を三度くりかえし、読経を始める。父貞孝は高齢による体力の衰えを覚え、礼拝のみで五体投地の礼はしなくなった。あるがままに振る舞い、祈り続けるという真言宗の教えに従っているのだ。

龍太郎は、父から教わっていた作法を寸分違わずにこなしていた。

仏前勤行次第を読経するときは、丁寧に時間をかける。

合掌礼拝《がっしょうらいはい》

恭《うやうや》しく　御仏《みほとけ》を　礼拝《らいはい》し奉《たてまつ》る

まず懺悔《ざんげ》を読誦し、次いで三帰《さんき》を唱える。

父貞孝は傍らで振り分け念珠を擦り、龍太郎に合わせて唱えている。声は低いが一言一句違わない。続いて回向《えこう》を唱えて終える。

龍太郎は父の教えに従い、誰にでも聞こえるように声を出して唱えた。

高野山真言宗在家勤行次第は、武田家ではおよそ二十分で終わる。

経典を唱え終えると、龍太郎は丁寧に五度礼拝し、静かに立った。お灯明を消し忘れないように、常に細心の注意を払うことを怠らなかった。

龍太郎は、大学に進んでからもお勤めを毎日欠かさなかった。大学へは両親の元から通い続け、七時には家を出て、最寄りの駅まで歩き、電車で大学近くの駅に辿り着き、遅刻することはなかった。

共に経を唱えていた父貞孝も、龍太郎が大学を終え、他企業に就職したばかりの年に他界した。七十三歳だった。

貞孝は、父真人が営んでいた武田製作所を戦後の混乱期に守り抜いた。

戦役は免れたが、戦後の物不足や人不足に悩まされ、受注に応じるために大変な苦労を強いられた。

武田製作所の周辺は民家が少なく、貞孝は土地を買い求め工場の敷地を広げていった。自動車の部品を、県内にある自動車会社からのみ受注した。

その会社は昭和八年に設立され、翌年に県内に工場を完成させていた。一貫生産による第一号車の完成に当たり部品を調達した武田製作所は、その後の混乱期にも変わらず調達に寄与した。

大正十三年に生まれた龍太郎は、東京の大学で空襲に遭い、横浜の本牧まで歩いて帰った。

お茶の水駅界隈で湯島が戦災に遭ったが、大学は戦火を免れた。近くの古本屋街の店主の計らいで本棚の横に体を横たえ、一夜を過ごし、翌日には、自宅に帰ることができる学生は帰宅するようにと勧告されたため、上野駅までとりあえず歩き、そこから線路沿いに歩いて帰ることにしたのである。このときに、不自由な足を運びながら歩いている学生に声をかけられた。飛鳥井望といい、聞けば年齢は上だが同窓生だということで親しみを覚えた。この学生が後に市会議員、県会議員、衆議院議員となり党の委員長になることなど、想像もしなかった。本牧に近い所に住んでいるという。駅がないので不便だともらしていたのを記憶していた。後に根岸線に磯子駅が設けられたのは、長年の望みを叶えたのだと龍太郎は推し計った。

奇遇という言葉が軽々しく用いられているが、龍太郎にとってはこの友人との出逢いは、戦火のさなかとはいえ天からの恵みとしか思えなかった。

あるとき飛鳥井から、旧制高校を受験したが五歳のときに罹患した小児麻痺の後遺症があることを理由にして不合格とされたことを聞き、龍太郎は高野山真言宗の信徒として聞き捨てならないと憤慨したことを、終生忘れることはなかった。飛鳥井は専門部に入学し、後に大学の法科に進んだ。これが縁で、龍太郎と同窓生になったのである。二人の友情は終生変わらず続いた。

龍太郎は大学を卒業し、ある企業に就職したが、あえて製造部門への配属を希望した。父貞孝が武田製作所を承継することを望んでいたからであった。

友人の飛鳥井はすでに弁護士となっていて、龍太郎は何かと相談を持ちかけていた。飛鳥井の父も弁護士で、飛鳥井は大学在学中に司法試験に合格していた。

戦後の混乱期に、龍太郎の父貞孝も飛鳥井の父の助言を得て武田製作所の工場拡張を進めたことを龍太郎が知り、縁かな、と思いを巡らした。

龍太郎が就職した年に貞孝が結婚を勧め、それに従った。龍太郎が二十三歳で相手は十九歳であった。祐子といい、貞孝夫婦と同居する形になったが、舅、姑によく仕えてくれ、龍太郎も安心して仕事に専念できた。高野山真言宗金剛峯寺の末寺への挨拶も欠かさなかった。

龍太郎夫婦に子どもが二人生まれ、貞孝は跡継ぎができたと喜んだが、八月の暑いさなかに倒れ、まもなく息を引き取った。母も、後を追うようにしてひと月足らずで他界した。脳卒中と診断された。龍太郎が三十五歳のときだった。

龍太郎は、貞孝が乗り越えた戦後の混乱期の苦境に学びながら武田製作所を維持し、ひと息つくとさらに事業を拡大していった。

修理工場には朝鮮戦争の特需景気の恩恵の余波があり、技術の向上も求められるようになっていた。

昭和三十八年は飛鳥井望が四十八歳で市長に当選した年であつた。お祝いに駆けつけ我がことのように喜ぶ龍太郎に、飛鳥井は学生時代の交流を思い浮かべ、私心のない友情を感じ取り絆が深まるのを改めて感じたようだった。

住民を思う飛鳥井の市政は龍太郎の心を捉え、高野山真言宗の信徒としての心情に繋がると確信するようになっていった。

市長への手紙を出す旬間を始めたとき、龍太郎は大日経にある「菩提心を因と為し、大悲を根と為し、方便を究竟《くきょう》と為す」を思い浮かべた。大日如来の子であり、大日如来の子として生きようと発心し、それが種になり、蒔《ま》けば大悲となり、あらゆる人を幸せにしてあげたい、そのためたゆまず努力するという決意を読みとった龍太郎は、飛鳥井の歩みに全幅の信頼を寄せるようになっていた。

工場で働く一人の女性の仕事ぶりに、龍太郎は注目していた。

岩瀬睦子である。

むっちゃんはもの真似がうまいね、という話が職場全体に広がっていた。男性の職人の修理工程をじっと見つめ、それをそのまま真似ているのである。仕上がりが寸分違わない。

このことが逆に職人の間で評価されるようになっていた。

それを聞きつけた龍太郎は、学ぶことは真似をすることであり、真似ることが学ぶことである、と空海が説いたことを思い浮かべていた。ただひたすら真似ることで職人の技に近づこうと歩み続ける睦子のひたむきさに、龍太郎は目を開かれた思いがした。

龍太郎が工場に何度か訪れ、睦子の仕事ぶりを見つめていることに、職人たちは気付いていた。

「睦子さん、精が出ますね」

龍太郎が声をかけると、

「あら社長さん。私はただ真似ているだけで何の技術力もありません」

睦子が恥ずかしそうに言った。

「真似る。それは学ぶに繋がる。空海が説いています」

龍太郎が言うと、

「え、そんな偉い人」

と、思わず絶句した睦子を、龍太郎は宝物を見いだしたように見つめた。

「真似ているだけだというけれど、基礎がなければ」

龍太郎が言うと、

「履歴書に高等専門学校卒業と書いております」

睦子が怪訝《けげん》そうに言い添えた。

「失礼、失礼、そうでしたね」

龍太郎は謝るようにして言った。

「それにしても、高等専門学校卒業というだけで、睦子さんほどの技術力があるのかなあと感心しています」

龍太郎が言い訳ともつかないお世辞を口にした。

「現場でないと身に付きませんから、先輩について目で見て真似ているのです」

睦子が改めて言った。

それからというもの、龍太郎は整備工場に足しげく通うようになった。

睦子の所作、振る舞いに感心したこともあり、また睦子をもっと知りたいとの思いからであった。

二カ月ほどして、龍太郎が近くにある真言宗末寺への参詣に睦子を誘った。

参詣したときに住職の話を聞いて、寺が高野山真言宗金剛峯寺の末寺であることを睦子は初めて知った。龍太郎がお寺参りとだけしか言わなかったのだ。睦子は護摩焚きを生まれて初めて見聞きし、感動した。こんなところに寺があることも知らなかったし、真言宗も身近になく、縁もなかった。

住職が言った、

「皆が皆仏なのですよ。どこまでも、どこまでも、目的に向かってただひたすら歩み続ける。その姿こそが仏なのです」

　この言葉に睦子のこころがゆすぶられた。どちらかというと自己評価が低く、なにごとも否定的に受け止めてしまう睦子にとって、初めての経験であった。救われた、という体験であった。仏からの力が加わってくる。

「ありがたいことです」

　睦子が思わず口にした。

　末寺への参詣を終えて、龍太郎は睦子を料亭に招き食事を共にした。

「睦子さんは、どうして高等専門学校に進んだのですか」

　龍太郎の質問に、睦子はよく訊かれることだと思いながら、

「男の人って同じようなことを訊きますね。女性だから珍しいのでしょうか」

　と、訊き返した。

「そうです。皆さん同じじゃないですか」

　龍太郎が言うと睦子が、

「さっきの住職様のお話と違うように思いますが」

　と、疑問を投げかけた。

「と言いますと」

と龍太郎が言いかけると、

「人は皆仏、ひたすら目的に向かって歩む姿がみ仏というのでしたら、男性も女性も同じじゃないでしょうか」

睦子が遠慮がちに言った。

「そう、そうですね」

龍太郎が素直に謝った。

「私の信心の浅さを自覚させられました」

「そうかしら。社長さんも社会環境に染まっているように思えますが、違いますか」

睦子がそう問い詰めた。

「どういうこと？」

龍太郎が訊き返すと、

「社会全体が家父長制社会じゃないですか」

と睦子が言った。

「そうですね。おおせの通り」

龍太郎はあっさり兜《かぶと》を脱いだ。

「父は大学を出ていますが、会社では書類を見て印鑑を押すだけだと言っています。戦争でまともに講義も受けないまま期限が来て卒業、そして就職。部長クラスの話を議事録にまとめ、専務が社長に報告する。そして書類が作られ、係長が印鑑を押す。書類作りは女性の仕事。何の創意工夫も要らない。父は大学を出ただけで係長になって、俺はエリートだ、と言っている。そんな父を見ていて何をやっているのだろうと思いました」

睦子が言い続けた。

「耳が痛いね、でも書類を点検し、そこから流れを読み取り、それが身についていくのではないですか」

龍太郎が反論したが、

「以前読んだ本に、娑婆《しゃば》の一日の修行は深山の千日の修行にまさる、とありました。私が昭和三十七年に開校したばかりの国立高専の荒川キャンパスで専攻科コースである機械工学コースを選んだのも、修行のうちと考えたからかもしれません。女子生徒は二人だけでした。物好きだ、などと陰口をたたかれました。現場は娑婆です。陰謀や中傷を餌にして値下げを迫り、挙句のはては、完成品とは言えないなどと言い相手を蔑む、このような下請けいじめに遭いながら受注に甘んじる経営者。言い方は悪いけれど、煉獄《れんごく》です」

睦子が切り返した。

「受注がなければ会社がもたない。会社なりの理念があるのでは」

龍太郎が言うと、

「単なる同調ではないですか。点検で見直せる、修理で安心感を得る、運がよければ性能を高める。車検が一段落したときの自己効力感は会社での書類作りよりましではないですか。でも世の中の人たちは会社の業績という結果にしか目を向けないではないですか。現場の職人をブルーカラー呼ばわりする風土が通信機器会社では普通。設計通りに造ってその性能を評価するのは、造った当人の探求心でしょう。経営者と職人との対話の機会を設けようとしない事大主義の塊ではないですか」

と、睦子が痛いところをついてきた。

龍太郎は睦子の進取に富む考えに取りつかれていた。同時に、睦子への関心の度合いを深めていった。

龍太郎が睦子を箱根旅行に誘い、一日を過ごした。睦子も快く応じてくれたのである。

箱根旅行で、龍太郎は自然を満喫しながら睦子の持論に耳を傾けた。

睦子は、自分が日頃から考えていることを龍太郎が受け入れてくれたことに、龍太郎の懐の深さを認めていた。

箱根から湯河原へと足を伸ばし、川沿いにある旅館に立ち寄った。どちらが声をかけたわけでもなく入ったのである。

仲居が気を利かし、案内してくれた部屋でくつろいでいると、布団を敷き始めた。龍太郎も睦子も口をとざしたままそれを眺めていた。触れたくない、とでも言いたげだった。

やがて二人の体が絡み合い、その様は互いの生命感をぶつけ合い、挑み合って、霊肉一体の境地に至っている光景だった。互いに惹きあい、また与え合う強烈な様であった。龍太郎という名も睦子という名も消し去り、二人は心身共に渾然一体となっていて、恋愛の理想的な境地が醸し出されていた。

旅館を後にし、ロマンスカーで帰路についたが二人はひと言も話さなかった。

言葉にすることで言葉がひとり歩きし、お互いの心と体にあふれた情熱が濃密さを失い、雲散霧消してしまうのではないかと懼《おそ》れているかのようだった。

二人は、逢うたびに互いに交わって味わう絶頂の喜びに浸り、満足感を得ていた。見えるあらゆるものが、鼻で嗅ぐあらゆる香りが、舌で味わうあらゆるものが二人を至福の境地に誘った。

　睦子は、普段と変わらず疲れも見せずに休まず働き続けた。修理が済んだ箇所を再度点検する様は他の職人の注目の的となった。力みが見受けられないからだ。淡々とこなしている。それが職場に緊張感をもたらしていた。

　ひと月が経ち、

「一度住んでいるところを見たい」

　龍太郎が言ったときに、睦子は深く考えずに龍太郎のすべてを受け入れようと思った。社長と従業員という垣根を越えて、通じ合うものを感じ取っていた。

　睦子の住まいは、マンションの狭い一室だった。ベッドの布団がたたまれており、万年床でないことは見て取れた。こぎれいに整っていて、いかにも睦子の住まいと言った感じだった。

　一目見て、龍太郎はもっと余裕のある部屋がいいな、と思い、

「住まいを変えてみない？」

　と、睦子に問いかけた。

「そうですね。ときどき大きく背伸びしたい気持ちになります」

睦子が笑いながら言った。

世は、所得倍増を掲げる首相の登場で景気もよかった。

龍太郎は、高級クラブ通いには目もくれず、福利厚生に力を入れていた。その一環として職人のための宿舎を建てていた。武田製作所の敷地は、バスの路線はあるものの近くに鉄道の駅がないため住宅が少なく、敷地を広げることができた。

睦子に勧めた一室は、龍太郎が建てた職人のためのマンションの一室であった。

睦子が、生理が止まっていることを龍太郎に明かしたために、住まいを変えることを提案したのである。

睦子の両親には、睦子の考えもあって伏せていた。

睦子との間に紀夫が生まれ、龍太郎は認知を申し出たが、睦子が断った。

紀夫が大学を終え、整備士の資格を取ったときに、龍太郎は整備工場を武田製作所の子会社として、紀夫を承継者に登記を済ませようとした。

実質は相続であり、龍太郎の妻や長男夫婦から異論が出た。

四　睦子と倫子

龍太郎夫婦の長男眞一は、三十五歳になっていた。龍太郎の父貞孝が他界したときに龍太郎が三十五歳だったことを思い、龍太郎は父の死を三十五歳で迎えたことを改めて思い出し偶然にしてはでき過ぎだと苦笑していた。

睦子の子である紀夫も、二十五歳になっている。

シングルマザーである有賀倫子の子であるみどりは、二十五歳になっていた。

龍太郎は睦子親子、倫子親子を思い、それぞれとの出逢いを思い浮かべていた。

「まるで小説のようだ」

龍太郎は思わず呟いた。

なんとしても二人の親子を守っていかなければと、龍太郎は改めて自分に言い聞かせていた。

龍太郎を悩ませたのは、戸籍に関する手続きであった。

睦子は戸籍を変えていない。紀夫認知の申し出を断ったからである。

戸籍を見ると、誰が見ても父の欄が空白であることは明らかに分かる。ということは民法によれば、紀夫は非嫡出子で父の相続人になれない、父の扶養義務が生じない、ということになる。

龍太郎にとって初めての経験で、危うく気を失いそうになった。

「これは紀夫にとって不利だ。将来が案じられる」

龍太郎が睦子に話し、

「策を講じなければいけない」

と、言い添えた。

「私は自分の責任で育てようと思っていました。それが龍太郎さんと私との真の愛情の証《あかし》だと言えませんか」

睦子が答えた。

「紀夫が睦子さんの子どもであって私の子どもではない、と公に明かしているようなものです」

龍太郎が苦しそうに言った。

「子どもを授かろうとして体を燃やしたわけではないでしょう?」

睦子が言ったとき、龍太郎は自身でも分からない袋小路に入るような思いに駆られた。

「私、あのとき、気を失ったのではないかと後で思いました。龍太郎さんと一緒にいることも忘れてしまって」

睦子が遠くを見つめながら言った。

「忘我の境地ですか」

龍太郎が聞き返すと、

「そう、忘我です」

睦子が言った。

「紀夫が生まれたのは」

と龍太郎が言いかけ、

「私は子どもを授かろうとは思ってもみなかった」

遮るように睦子は言った。

「そうなの?」

龍太郎が意外な面持ちで訊き返した。

「私、ある本で読んだことがあります。人間に生まれ出てくる確率は、一億円の宝くじが連続して百万回当たるほどの偶然だというのです。気が遠くなるような確率だということで、神秘に触れたような思いをしました。私、今でも信じたくても信じられないのです。お産も命がけですけど」

睦子が真顔で言うのを聞いて、龍太郎が女性の清浄な本性を垣間見たようで感極まり、涙を流して睦子を抱きしめた。

「紀夫の戸籍のことはまた後で話し合いましょう」

龍太郎が言いかけると、

「父親がいなければどうしていけないの？」

睦子が、食い入るような眼差しを龍太郎に向けて問いかけた。

「父として責任を果たさなければいけないから」

龍太郎が答えると、

「やはり、龍太郎さんの思いは家父長制社会にどっぷり染まった発想です」

睦子が言い返した。

「私の父は、女は針仕事ができればそれでいいと言うような人でした」

睦子が自分の父について話した。

「差別ということ?」

龍太郎が訊き返した。

「差別ではなく、森羅万象すべてが皆差別なく等しいという考えとはほど遠い人でした」

睦子が初めて父への批判を口にした。

「紀夫に父親がいなくてもいいということと、どのように繋がるの?」

龍太郎が疑問を呈した。

「紀夫が、父親がいないということで味わう苦い体験を紀夫にして欲しいの」

睦子が言うと、

「それは気の毒だ」

と、龍太郎が驚きの声をあげた。

「紀夫が、家父長制や男社会の理不尽さを反面教師にして、皆が幸せになるような世づくりに心を砕く人として成長して欲しい。それが私の願い」

睦子が一気に語った。

龍太郎は驚き、高邁な考えを実践しようとする睦子から、畏怖に似たたとえようのない感覚が伝わるのを覚えた。

「紀夫が自分の出自に関心を持ち、自分はどこから来てどこへいくのか、という根源的な疑問を抱くようになったときに、紀夫が自身で解を見いだせればいい」

と、龍太郎が言い、

「そうですね」

睦子が初めて頷いた。

紀夫がまだ生まれる前に睦子の面倒を見てくれる睦子の母との住まいを用意しなければならなかった。

「理念は理念、生活は生活」

睦子は現状を受け入れ、龍太郎が従業員のためにと建てていたマンションの一室に住むことになったのである。

睦子は、住んでいるアパートを本籍地として手続きをしていなかった。そのため両親が住んでいる居住地が本籍地であり、マンションに住むようになって初めて本籍地を変えた。相続などで面倒なことが起きると懸念していたのである。両親が健在で弟がいて、睦子から見ると弟は几帳面《きちょうめん》で石橋をたたいても渡らない男として映っていた。争いたくないが、遺留分をめぐる悶着はありうると考えていた。睦子の決断に幾分か疑念を持ちながら、それを龍太郎は受け入れた。

龍太郎は真言宗の教典を読み尽くし、人は皆、上下身分の隔てがなく、等しく接するべきだと心底から考え、実践してきたつもりでいた。人を隔てる戸籍の記載に義憤を募らせていた。しかし睦子の言う通り、理念は理念、生活は生活、と現実を受け入れる姿勢をよしとする、と考えるようになった。同調とか妥協とかではない、違いを受け入れてこそ互いに自立していると、自身に言い聞かせた。

働き続ける睦子に、母の安希子も協力してくれていた。睦子の父からは母に、いつ帰ってくるのかとひっきりなしに電話がかかってきていた。

安希子は、夫から電話がかかってくるたびに、

「世直しよ」

と返事をしていた。

有賀倫子は、娘みどりを連れて中途入社の道を選んだ。住まいを龍太郎が建てていたマンションへと勧められたが、断った。

修理工場にいる睦子の存在は倫子も知っていた。かなりの才能があることも聞き知っていた。倫子はゴルフ練習場で龍太郎に声をかけられ、高野山金剛峯寺末寺を訪れるようにと誘われたが、断っている。自分なりに生きる術を見出したい、と龍太郎に語っていた。

「お母さん、私有賀っていう名字がいいな」

と、みどりは父親の名前を知らされていないことを気にも留めていなかった。

倫子が睦子に逢いたいと申し出たのは、龍太郎が還暦に近い五十六歳になった年であった。

日曜日、海岸近くの公園にある喫茶店で、互いに向き合いながら話し合った。

「有賀さん、車検に慣れましたか」

睦子が問いかけた。倫子さんとは言わずに有賀さんと名字で呼びかけたのには、わけがあった。倫子がシングルマザーであることを承知で採用し、工場の要職に付けたのは、龍太郎が倫子の能力を重視したのだろうと睦子なりに考えていた。龍太郎とゴルフ練習場で知り合い、倫子が自動車の修理工場で働いていることも睦子は聞き知っていた。

一方、倫子も岩瀬さんと名字で呼びかけている。

「岩瀬さん、朝のお勤めはやっておられますか」

倫子が訊いた。

「時間があればお勤めをしています」

睦子が遠慮がちに答えた。すると、

「私、社長に真言宗の末寺での護摩焚きに誘われたのですがお断りしました。そのときに、経典だけでも読んでいただけたらと強く勧められ、目を通しました。よく分かりませんが教えていただけませんか。『合掌礼拝　恭しく　御仏を　礼拝し奉る』まではいいのですが、続いて、『懺悔《ざんげ》　無始《むし》よりこのかた　貪瞋痴《とんじんち》の煩悩にまつわれて身と口と意とに造るところの　もろもろのつみとが　を　みな悉く懺悔したてまつる』が引っかかります」

倫子が言いにくそうに話した。

「それ、どういうことですか」

睦子が訊き返した。

「懺悔って、いくら自分に問いかけても腑に落ちないのです」

倫子が真顔で言った。

「真言宗の経典では、小さな罪も無意識のうちに積もっていって、その人を悟りや信仰から遠ざけてしまう。懺悔とは、心を清浄にする行為だと言っているのです」

睦子が僧侶のように解説した。それを聞いていた倫子が、

「私、罪を意識していて懺悔するのかと思い込んでいました」

と、真剣な面持ちで言った。

「罪を意識して、というとどういうことですか」

睦子が問いかけた。

「私、前に勤めていた会社から転職してきたのですが、待遇の面で破格ともいえる今の厚遇に面食らっているのです。世間では、シングルマザーは白眼視されていて肩身の狭い思いをしています。社長の奥様はご存じなのではないでしょうか。経理担当の圭子さんも社長に説明を求めたと聞いています」

倫子が言いかけると、

「有賀さん、シングルマザーの道を選んだのは何かお考えがおありだったのでしょう?」

と、睦子が訊いた。

「大学の同窓会で開かれたダンスパーティーで一年先輩と踊り、意気投合し、付き合うようになりました。間もなく付き合いは終わりましたが、妊娠していたのです。相手には伝えませんでした」

「結婚の道は選ばなかったのですね」

「ええ、生まれてくる子どもが求める愛着行動に充分に応えることができなくなると考えたのです」

「結婚したら、妻が家事いっさいをし、ふろ、めし、お茶と一方的に言うことに従い、それに相手の身繕いまで気にかけなければならないのが実情です。それを考えたのですか」

「そうです」

「でも、それって家父長制にどっぷり浸かっているからではないですか」

「それがいやでした。庶子でいい、生まれてくる子が傷つくのをどうしても避けたかったのです」

　思案げに言う倫子の語りに、睦子は感心しながら耳を傾けた。倫子がさらに、

「リア王に登場するグロスター伯の庶子であるエドマンドが、俺たちが下賤な生まれだの、父《てて》なしの子だの、不義の子だの、だと？　いや俺たちこそ、人目を忍ぶ欲情が造った自然の産物、それだけたっぷり、心身の養分と激しい活力を親から授かっているのだ、というセリフが印象に残っていて、皇室ジャーナリストの渡邉みどりさんのことも尊敬できました。それで子どもにみどりという名前をつけました」

と力を込めて話し続けた。

「よく話してくれました」

と、心の底から倫子への信頼感が増してくるのを睦子は感じ取っていた。

「岩瀬さんは龍太郎さんと出逢った初めのときのこと覚えていますか」

倫子が睦子に直截的に問いかけた。

「え、何というか、覚えていない」

睦子がきまり悪そうにして答えた。

「よく分かりませんが」

倫子の、合点がいかないと言わんばかりの声が響いた。

「大げさですけど、この世であってこの世でないような所にいるようで」

睦子が言うと、

「そういうことってあるんですか、何の計算もないなんて」

倫子が疑わしげに言い、

「私、改めて言うまでもなくシングルマザーです。出逢いは大学の同窓会で意気投合し、結ばれた関係です。岩瀬さんと社長との出逢いとはまったく違います。合法的に結ばれた結婚相手との間に生まれた子が嫡出子と言われ、そうでない子は庶子と呼ばれるのも合点がいかないのです。庶子こそ愛の結晶、と呼ぶべきと考えています。宗教とは全く関係がありません」

とさらに言い続けた。

睦子は倫子の話に驚きの表情を見せたが、

「仏菩薩様は、いっさいの執着を離れた、清らかな眼から見てくださる」

と睦子が言った。

「理趣経を朝夕に読誦するのが住職様のお勤めだということです」

睦子が言い添えると、

「岩瀬さんのために功徳があるということですか」

と、倫子が言い、

「いや世の人皆のためです」

睦子がたしなめるように言った。

「感謝、感謝、心をこめて毎日を送ることですね」

倫子が言い、

「三密《さんみつ》といって、身体・行動を身密、言葉・発信を口密、こころ・考えを意密と言います。この三密を整えることで大日如来の存在を感じ、密厳浄土《みつごんじょうど》に行くことができます。懺悔し、そのことを踏み台にして三密を整えることです。私はそれに専念します」

睦子が力説した。

二人は、それぞれ噛み合わない思いを別々に抱きながら別れた。帰り際に、

「説一切法清浄句門《せいいっせいほうせいせいくもん》。所謂《そい》。
妙適清浄句是菩薩位《びょうてきせいせいくしほさつい》。
・・・・・・・・・」

己の信仰が確かであることを己に言い聞かせ、般若理趣経の初段の部分を読誦した睦子の読誦に倫子が神妙な面持ちで聞き入り、帰宅を急いだ。

この部分の意味は、「性愛の快楽は、その本性が清浄で、菩薩の境地そのものなのだ。性愛の快楽を得ようとする欲望は、その本性が清浄であるから、菩薩の境地そのものなのである」ということだと倫子が知ったのは、ある書をひも解いてからだった。

睦子との話し合いが噛み合わないことをいやがおうにも知る機会ではあったが、倫子の鬱屈した気分は晴れなかった。

五　千秋と圭子

昭和初期の磯子は、海岸沿いに料亭が軒を連ね芸者もたくさんいて、昭和三十年代半ばまで隆盛を誇っていた。

お茶屋「卯の花」は、その一角にあった。

女将別府千秋は、磯の潮風に吹かれながら幼少期を過ごした。母親の跡を継ごうと決め、女学校を卒業してすぐ京都のお茶屋に席を置き、舞妓から芸妓《げいぎ》へと歩み、舞踊を厳しく学んで修業を続けた。磯子に戻りお茶屋の跡を継ぎ、稽古場を開き、芸者に舞踊を学ばせた。

千秋は婚外子であった。父親が認知をためらい、芸妓の母由貴子も成り行きに任せていた。芸妓は競争も激しいが、由貴子への信用は揺るがず、置屋も由貴子の依頼を優先し、そのため客の評判がよかった。

千秋が磯子に戻ってからは、芸者の舞が見られるということで隆盛をきわめ、小さいながらもお茶屋に隣接している料亭への引き合いも順調だった。

由貴子は千秋の認知を果たさないまま高齢に達していたので、戸籍の父親の欄は空白のままだった。金銭上の援助がとどおこりなくなされたため、とやかく言わなかったというのが由貴子の言い分だった。しかし、千秋は娘圭子の心情を推し計り、なんとか手を打とうとした。

由貴子の相手は医師で病院開設者であり、名の知れた人物だった。その人物の子息が地方議員で、交渉相手としては障壁が高いと千秋には思えた。

話し合いは物別れに終わった。相続に何の利点もないし、傷つくだけだと由貴子も考えた。由貴子が意外に思った理由の一つが、相手が息子の地方議員の汚点になりはしないかと心配した、ということであった。清廉さを売りにしているらしいとの話も、妙に引っかかった。

由貴子がいいというなら、千秋もそれで収めるしかなかった。土地も建物も由貴子の名で登記していた。戸籍に母由貴子とあり、父の欄は空白であったが、子として記載され、由貴子の実子であることに変わりはない。

簿記一級を目指していた圭子は、二級の資格を得なければならない、そのための予備校に通い始めていた。通い始めてからお金が要ることが分かり、そのことを母千秋に相談したら意外にも龍太郎さんに相談したら、と言われた。

このときに履歴書が必要とも言い、千秋は母として圭子とどのように話し合ったらよいのか、思案に暮れていた。

「履歴書に家族構成を書かなければいけないのかしら」

千秋が圭子に訊いた。

「正式の様式だと家族構成の欄がありますよ」

圭子が答えた。

「学歴だけではいけないかしら」

千秋が言うと、

「どうして家族構成まで書かなければならないか分からないの」

圭子が小さな声で言い、面倒ねと付け加えるようにして呟いた。そして、

「私、見たわよ。戸籍謄本」

圭子がこともなげに言い切った。

「ああ、そうなの」

千秋が驚いたようにして言い、表情を窺うようにして圭子を見つめた。

「私、お母さんの子に違いがないから、それでいいの」

圭子が表情を変えずに言った。

「二代続けて婚外子か」

さらに圭子が呟き、千秋を見つめた。

「お祖母ちゃんはいいとして」

千秋がことの経緯を語り始めた。

「知っていると思うけど、お祖母ちゃんは相手方からこの土地と建物の資金を借り入れる形で渡してもらい、利息を含め毎年お返ししたそうよ。きちんと確定申告をしたので税務署から調査されることもなかった」

圭子がそこまで聞いて、

「賢い」

と、笑顔を見せながら頷いた。

「認知はしてくれなかったけれども、誠実さがあって愛情として受けとめた、と言っていたけど」

千秋が話を続けた。

「でも、息子さんが地方議員になってからは汚点になると言って渋った」

圭子が間を入れた。

「でも、お祖母ちゃんは相手に誠実と愛情を認めたのは間違いない」

千秋が母の肩をもった。

「お祖母ちゃんの愛情がこもっていたのね」

圭子がしんみりした口調で言いながら頷いた。

「ところで、お母さんはどうだったの?」

圭子が千秋に向かって訊き始めた。

「長いよ」

千秋がしみじみとした口調で言い、

「親子でも話せないことがあるし、お互いに傷つかない方法として手紙の形にして伝えたいけど、どうかしら」

と、圭子に向かって提案した。

「そうね、私ってすぐつっこみを入れるので残せることだけ残せばいい。それにどんなことでも記録って大事ですし、これからの生き方を考える上で役に立つと思います。お願いします」

圭子は、千秋の手紙を待つことにした。

数日して、手紙が圭子の元に届いた。


『拙い文章でごめんなさい。これから書きますので、辛抱強く最後まで目を通してください。

私が京都で舞妓から芸妓へと進み、上方の舞踊を学び、修業したことは知っていますね。横浜に戻り、あなたのお祖母ちゃんが営んでいるお茶屋で稽古場を開いて上方の舞踊を教え始めました。上方で芸妓と呼ぶのを、横浜では芸者と言ってなんか違和感がありました。でも、芸は売っても体は売らないという心意気だけは失ってはいけないと心に誓い、芸者にも上方の芸妓を見習うように言い続けました。

横浜に来て間もなく、置屋さんから力を貸して欲しい、と頼みがあって芸者三人を連れて深川の料亭に行きました。広い座敷があって、二十人ほどのお客さんが宴会を開いていました。聞くところによると、病院の先生方だと言われていました。いいお客さんと思いました。上座に院長先生が座っていて、その右にまだ若い先生が座っていたのに気付きました。お酌をしているうちに女将さんが私に耳打ちをし始めたので、なんだろうと思案していたら、花電車をして欲しいという頼みでした。

圭子、花電車って知っていますか。戦後間もない頃に遊廓で働いていた娼妓さんたちが、本来の仕事である性行為ではなく女性器を使ってそれを芸にする、つまり男を乗せないことを花電車芸と言うようになりました。

圭子、想像できますか。

劇場で女性器を見せたりして、それを喜ぶ男性客が多かった。こういう芸を、料亭でしかも芸者さんにしていただくのはどうかと思いました。芸者さんは娼妓ではない、ましてや劇場で裸踊りをするストリッパーじゃない、と女将さんに言い、私が連れて来た芸者さんにはそのような芸はさせない、と反対しました。そうしたら、お茶屋「卯の花」とはいっさい付き合いはしない、と皆の前で女将さんが大きな声で言って、残りの人たちで花電車を披露していました。芸者さんが三味線に合わせて着物の裾をまくりあげ、性器を見せ、笑った院長先生に向かって、「色爺」って大きな声ではやし立てていました。私、恥ずかしくて両手で顔を隠しました。

女将さんと私のやり取りを黙って見ていたのが、院長先生の隣にいた若い先生でした。

宴会が終わり、御礼の挨拶をしていたら声をかけられ、その先生だとすぐ分かりました。あなたはこの料亭の方ではないとお見受けしましたが、と言われ、そうですと、答えたら、お名刺を渡され、いつかお逢いしたいです、と言って皆さんの後を追いかけて行きました。印象がとても良かったので、数日してから電話をしたら、逢ってくださると言うの。うれしかった。

お逢いして分かったのは、まだ若いのに学位を授与されて、すぐ病院の部長として赴任するようにと教授に言われた、と。なんと、同じ県の病院なの。親近感がわいて話がはずんで一時間以上も話し込みました。もっとも、先生のお話のほうが多かったです。三十ちょっとなのに偉いなと思いました。

私、料亭で先生が院長先生の隣に座っていたのが不思議で、そのわけを訊ねました。先生の勤めている病院はできて間もないし、給料も安いため組合の力が強いということでした。先生は医師としては珍しく組合に加入し、ストライキにも参加してビラまきをしたりして、患者さんの間でも話題になったということです。組合員にも歓迎され頼りにされ、組合の力がいっそう強くなったそうです。

そんなとき、病院の先生たちの懇親会が企画され、料亭で催されたということです。会合のときに、院長先生の隣に座るようにと年配の先生に言われるままに座ったら、院長先生が話しかけてきて、自分は旧制高校時代にピストルをいつも持って運動に加わった、と言ったそうです。その話を聞いて、命がけでやったという意味合いを込めて院長先生が経験談を話したと察し、自分の限界を知り、組合運動から距離を置くようになったと言っていました。命をかけているとは思えない自分を恥じ、院長先生の意味深い忠告に脱帽したのだということです。

何回か逢っているうちに、あるとき小さなお家に入りました。その家のおばさんが来て、靴を持っていったので変だなと思ったけれど、いつか分からないうちにお布団に入っていました。夢心地で、先生に抱き寄せられて、しがみついたのは覚えているが、後は思い出せないのです。

後で分かったけれど、その家は、まあ連れ込み宿です。平屋でなんの音もしない静かな宿でした。

その人、お名前が畠中懿というの。懿っていう字を見て、女学校で暗記するように言われた御歴代天皇の名前の表を思い出しました。十二代まで暗記していました。

神武《じんむ》、綏靖《すいぜい》、安寧《あんねい》、懿徳《いとく》、孝昭《こうしょう》、考安《こうあん》、孝霊《こうれい》、孝元《こうげん》、開化《かいか》、崇神《すじん》、垂仁《すいじん》、景行《けいこう》、と十二代まで暗記しました。時代が違いますが、母の歩みを知っておくのもいいかと思い御歴代天皇を書いておきました。

この御歴代の四代の天皇が懿徳天皇で、懿徳の懿が先生のお名前です。あつし、って教わりました。恐れ多いので戦争中に憲兵さんに睨まれなかったのですかと訊いたら、戦況のことで頭がいっぱい、下々のことまで行き届かなかったのでは、と笑って答えてくださいました。

逢うときは病院の近くのお宿で逢い、根岸まで一緒、先生は鎌倉なので根岸で別れました。

先生はたばこをたくさん吸っていました。私と逢っているときも吸っていました。朝八時にご飯を食べてからお家を出て、病院に着くのは十一時頃で、患者さんが待っていたということです。朝方三時まで本を読んだり、頼まれた原稿を書いたりしていたと言っていました。朝遅いのはこのためかもしれません。ともかく勉強家だと思いました。

昼のお食事はラーメンかうどんで、出し汁を一滴も残さず飲み干すと聞き、いろいろな人がいるものだと知りました。

三カ月ほどの付き合いでした。先生は泊まることをしませんでしたが、帰りが遅い、と母が心配していました。それよりも生理が止まり、そのことを気付いたのが母でした。母に、もう逢ってはいけませんときつく言われました。先生のお誘いに応じないまま、数カ月してからあなたを産みました。母の勧めで懿先生に手紙を出し、出産したこと、子どもの名付け親になって欲しいことをお願いしました。すぐ返事がきて、連絡しても逢ってくれないので諦めていた、という事情を書いていて、名前を圭子として下さいと添えていました。こまごまとした活字のような字で、実は妻がいること、息子がいることが書かれていました。手当のこと、認知のことなど一言も書いていませんでした。

あなたが生まれてから小学生になるまで一度だけ逢っています。覚えていますか。由比ヶ浜の砂浜の上でかけっこをしましたよ。でもこれっきりでした。あなたが小学六年のときに先生が胃がんに罹り、それもスキルス性で余命が一年と言われた、ということを手紙に細かい字で報せてきました。

一度だけあなたを連れて病院にお見舞いに行ったときに、看護師の辻井敏子さんと知り合いになりました。奥様はお留守でした。病室に入らせていただき、病床の側に行きました。そのとき、砂浜でかけっこをしたことを先生は思い出してくれたのでしょうか、先生があなたをじっと見つめていました。でもお話はしてくれませんでした。それ以後、お見舞いにも行けず、奥様にも逢えずに終わり、新聞記事でお亡くなりになったことを知りました。辻井さんが教えてくれました。

ごめんなさい。

不細工な母より

圭子様

』

千秋の長い手紙を読んだ圭子は、なにか隠し事があるに違いないと読み取り、千秋の元へ足を運んだ。

「お母さん頑張ったわね。手紙でよく分かったわ。文章も立派でまとまっていて、見直しました。お母さんが書いた小説ね。よくできている。あの人のお見舞いに行った私の記憶もいりまじってるからノンフィクションかな。でも畠中懿って珍しい名前だけど、死亡記事に載るなんてよほど有名人なのね。でも名前が珍しいので記事になったなんていうことはないのかしら。記事が載った新聞を見たいな」

　圭子が記事を見たいと言ったとき、千秋の表情が変わった。圭子はそれに気付き、ほんとうは父が生きているのに母が嘘をついていると見抜いた。千秋は辻井看護師が「畠中先生はもうお亡くなりになりましたの」と言ったことを真に受けたのだが、できればそうであって欲しいという千秋の願望も入り混じり、真偽の程は別にしてあのような手紙になったことを思い出していた。確かに、母の言いつけ通りに畠中とは逢うことはなかったし、圭子を見舞いに連れて行ったのは、一目逢いたいという千秋の思いからであった。圭子はあのとき中学二年だったことを振り返ると、危険きわまりない無謀な行動だったと反省し、背筋が凍る思いだった。千秋は圭子の言葉を聞き、むしろほっとしていた。それもつかの間で千秋ははっと我に返り、背筋を伸ばし、

「ごめんね。圭子の戸籍のこと、私の怠慢です」

　と、千秋が詫びた。

「いいの、二代続けて婚外子も悪くない」

　圭子がこともなげに言い放った。

「そんな」

千秋は絶句した。

「チョウチンアンコウという深海魚がいますが、知っていますか」

圭子が千秋に言った。

「なあに、それ」

千秋が訊ねた。

「深海に棲む魚。頭に餌に似た突起を持っていて、この突起で魚を誘き寄せ、近寄ってきた魚を大きな口で一気に飲み込んでしまうの。迫力あるでしょう。でも、これはメスなの。すごいのは、メスと比べてオスが十分の一くらいの大きさしかないの。このオスがメスに食らいつくの。食らいついたオスは、メスの体の一部になってしまって精巣だけがメスの体に残る。メスにとって精子さえ手に入れば、命を繋ぐことができる。私、この魚を思い出したわ」

圭子が笑いながら言った。

「おそろしい」

千秋がおびえたように言うと、

「たとえがよくないけれども、由貴子お祖母ちゃんもお母さんも、チョウチンアンコウと考えるとたくましい。たとえ精子だけだとしても、相手のすべてを取り込んでしまい、命を次の世代に繋いでいる」

　圭子が誇らしげに言った。

「どういうこと？」

　千秋が問いかけた。

「お母さんの卵子が畠中さんの精子を受け入れて、私が生まれた。畠中さんはもうこの世にいないけど、私圭子の体中の細胞に畠中さんの精子から伝えられた遺伝子が入り込んで、私を動かしている。命を繋いでいる」

　圭子の言葉に、

「私は、子どもを授かるなどと考えもしなかった」

　と、千秋が言った。

「いいのよ、真剣だったのでしょう。いいことだと思うわ。打算なんてつゆほどもない。コミュニケーションのない愛は未熟だと言う人もいるけれど、愛にコミュニケーションは要らない。抱き合って体がほてってくる。異性同士でなくても同性同士でも変わらない。未熟と言われるような愛こそ純粋な愛だと思います」

圭子が意外なことを言ったので、千秋は驚いた。

「そうね、お母さんシャッポを脱ぎます。圭子の成長ぶりに感心したわ」

圭子を見つめながら、千秋が言った。

千秋から伝えられた父親のことを、圭子は思い描いていた。

畠中懿さんが本当に父親だとしたら、いい面も悪い面も私が受け継いでいる。

「地頭がいいのかなあ、容貌も悪くないし、でもこの世にいないのでいい人かどうか確かめようがない」

圭子は思案に暮れていた。

「院長先生が学生運動にかかわっていたときに常にピストルを携帯していたという話を聞いて、命をかけていない自分に気付いて転向した、というのは、卑怯でもなんでもなく自分を見つめ直すという点で菩薩行に近い。まっとうな人間なのだ」

圭子は、千秋から伝えられた父親畠中懿を捉え直していた。

「節目節目に自分を見つめ直す、これだけは引き継いで生きていこう」

圭子は改めて自分に言い聞かせていた。

圭子は予備校を終えて、簿記一級の試験を受けた。

一週間後に合格の通知を受け取り、龍太郎と逢った。

「合格おめでとう。頑張りましたね」

龍太郎が圭子を祝福した。

「社長のお陰です」

圭子がお礼を述べた。

「もうアルバイトはしなくていいのかね」

龍太郎が言うと、

「お勤め口を紹介していただけますか」

圭子が緊張した面持ちで言った。

「日本舞踊のほうは続けないのですか」

龍太郎が圭子の顔を窺うようにして訊ねた。

「続けたいのですが、何かと物入りが多くて」

圭子の困っている様子が見て取れた。

「稽古に励んで、その成果のほどは上がっているのでしょう?」

龍太郎が褒め言葉を口にした。

「稽古しましたのでお師匠さんも褒めてくださっています。でも名取となりますと程遠いのです」

弱音を吐く圭子に、

「お手伝いしましょう」

龍太郎が助け船を出した。

「え？　でも母にも相談しませんとお引き受けできません」

圭子が困惑して断った。すると、

「この会社で働き続けていただく、ということですよ」

龍太郎が誤解を解くように話した。

「そうですか。簿記一級の資格を活かせるのですか」

圭子が改めて訊き直した。

「一般の会社に勤めても、資格に見合った業務を与えられるとは限りません」

龍太郎が言うと、圭子が、

「どうしてですか」

と訊き返した。

「それはですね、よその会社に勤めている人やよその社長などの話を聞いているからです」

龍太郎が説明した。

「どういう話ですか」

圭子が訊くと、

「男性に多いのですが、女の子はとか、新人はとかいった言い方をします。意識せずに思い込みで、どうせ仕事はできないだろうと決めつけてしまうのです」

龍太郎が一般論として話した。

「そう思われたら、仕事に打ち込めませんね」

圭子が言い、

「それが長く続くとやる気をなくしてしまい、やはりそうだったか、と分かったような評価が行き渡る」

と、龍太郎が言った。

「それが男社会の通念になるのですね」

圭子が批判的に応じた。

「無意識の壁という言葉があるそうだが、女性に対する正当な評価を下せない要因になっていることは確かです」

龍太郎が言うと、圭子が、

「進んでいます」

笑みを浮かべ、感嘆の声を出した。

「このような考えは友人から教わったのです」

龍太郎が種明かしをした。

「でもそれが身についているというのは、社長も同じ考えを持っていたからではないですか」

圭子が言い、

「そうですね、少なくとも共感できたからね」

と言う龍太郎に対し、

「それが一番ですよ。身についていない付け焼刃では口から出ないと思います」

圭子が、龍太郎を心の底から得心したかのように言った。

龍太郎はほっとして大きく息を吸った。そのとき、龍太郎は高野山真言宗の信徒であることを言わなかった。

「でも、そういう考えを身につけている方のお話を聞きたいです」

圭子が言ったが、

「まず、働いて学ぶこと。お母さんに相談するといいですよ」

と、龍太郎が言い添えた。

身上書は住所氏名と学歴、資格だけでよいという龍太郎の助言に従って提出し、圭子は翌日千秋に逢うために「卯の花」を訪れた。

圭子には、お茶屋「卯の花」はかつての賑わいが遠のいているように思えた。近くに製油所ができるという噂が真実味を帯びてきていたのである。

千秋と逢うのはひと月ぶりである。簿記一級の受験準備をしていた頃は、アルバイトを終えるとすぐ、住んでいるアパートに帰り教科書を何度も読み返していた。

頭はいいのかなあ、圭子は母から聞いた畠中懿の人物像を思い描き、頭脳明晰という言葉を反芻《はんすう》していた。

「父親に似たらなあ」

と呟き、調子に乗っているな、と圭子は自分の頭を小突いて苦笑いした。

こんな思い出も、これから勤める武田製作所では忘れてしまうような気がした。

「自分自身の力が明らかになる」

圭子は身震いした。

「武田製作所に勤めることにしました」

圭子が千秋に話すと、

「社長さんがお見えになって、なんか圭子のことを話したがっていたけれど、就職のことだったのね」

と、千秋がほっとしたようにして呟いた。

「あら、お母さんは武田龍太郎さんのことを社長さんと呼ぶのね」

圭子が、何かわけがありそうだと言いたげに言った。

「家のお客さんよ。大事なお客さんですよ」

千秋が微笑みながら言った。

「縁故入社になりそう」

圭子が不満げに言った。

「社長さんに考えがあるそうよ」

千秋が謎めいたことを口にした。

「え、どんなこと？」

圭子が訊ねたが、千秋は、

「社長さんとよく話し合いなさいよ」

とだけ言い、あとは二人で食事を取り寄せて過ごした。

「久しぶり。おいしいわ」

圭子が幸せそうにして食べるのを、千秋は目を細めながら見つめていた。

月初めから、圭子は武田製作所に出勤しだした。引っ越しもせず、それまで住んでいたアパートから電車で通い始めた。

時間通りに出勤し、定時に仕事を済ませ、十七時に退社した。毎日決まった時間に遅刻もせず通い続けた。ところが他の社員から、お茶を淹《い》れて配るのが新入社員の習慣なのに従わない、と圭子が注意された。それと、時間がくると早々に退社するのはどうか、とも言われた。

三週間ほどして、

「皆さん、新人の別府圭子さんが入ってきていかがですか」

と、龍太郎が社員に話しかけた。

「社長、別府さんは遅刻をしませんが定刻に退社します。多少の残業をすべきだと思いますが」

圭子の先輩の社員が、龍太郎に向かって言った。

「仕事を終えたら定刻に帰るのは当然のことです。残業をしなければならないほどの事務の業務はないはずです」

龍太郎が答えると、

「残業しなければならない仕事があります」

社員が言い返した。

「仕事を効率よく進めていけば、定刻をすぎても終わらないことはない」

龍太郎が言い切った。

「社長、お茶を淹れるのも新人の仕事でしょう」

社員がさらに言い返した。

「お茶くみが女性の仕事だとは決まっていないはずです。道具も揃っており、従業員各人が自分で淹れればよいと思いますが、いかがでしょうか」

龍太郎がそう言うと、

「私たち女性が、なんとなくお茶くみをやっていたということになりますね」

と、批判めいた口調で、女子社員が言い添えた。

「各人が創意工夫して仕事をする、というのが我が社の社是になっています。みんなと同じやり方も、度を越すことなかれ主義、つまりどうでもいいというかご都合主義になってしまいます。間違いがあれば教え合い、分からなければ訊く、お互いさまという気持ちを忘れないでください」

龍太郎が諭すように言った。

こんなことがあってから、社員が皆、お疲れさまと言い、定刻に帰るようになった。

武田製作所では、掃除は掃除だけする社員がすることと決めていた。

多くの人が仕事につけるようにという龍太郎の持論に基づいていた。

圭子は、寡黙で余計なことに口出しをしない人、ということで通るようになっていた。

経理に関する難問は、いつしか圭子に解決してもらうようになっていた。

数カ月が過ぎた。圭子は定時に退社して日本舞踊の稽古に通っていた。一時間ほどの時間がかかっていた。夕方なので稽古を受ける人の数が多くなり、教わる時間が少なくなっていた。

ちょうどこの頃に財務諸表の作成にかかる時期になり、圭子もやや神経質になっていた。伝票処理にあたり、検収印のない伝票の確認に手間取った。いきなり先輩の社員に問い質さなければならなくなり、緊張感が漂うようになった。整備工場と部品工場の伝票、特に部品工場の伝票が多かった。

ひと月ほどで財務諸表を作り上げ、龍太郎も驚いた。公認会計士に依頼しなくてもよかったことで社員全体が圭子を高く評価し、圭子もほっと胸をなでおろした。

圭子の評判は睦子や倫子にも伝わった。圭子が日本舞踊にも力を入れていると耳にして、一度逢って話を聞きたいと睦子と倫子から申し出があった。

このことを圭子が龍太郎に話すと、

「逢わないほうがいい。仕事の内容が違うので、話が嚙み合わないのではないかという懸念があり、心配だ」

と、圭子に龍太郎が忠告した。

睦子から上がってくる伝票は金額が大きく、睦子の裁量によって値段が違ってくるので不透明と言えば不透明なので、話の進み具合によっては摩擦が起きることは十分に予測された。

倫子の部品に関わる業務に関しては、工場で製造できないこともあって外注する部品の値段を話し合いで決めるので、委細を話し合うことは越権行為に当たり憚られ、曖昧さが残る。

いずれにしても、龍太郎を交えないと話し合えないと圭子は考えた。

圭子が、心配していることを龍太郎に伝えると、

「経営に関わることですから、ご心配はごもっともです」

龍太郎が圭子を労った。

龍太郎の懸念は圭子のそれとは違い、圭子にとって予想外のことだった。

六　圭子の決意

龍太郎がお茶屋「卯の花」を訪れ、千秋と話し合っていた。

「圭子がお世話になっております」

千秋が深々とお辞儀をした。

「いや、こちらこそ、圭子さんの素晴らしさ、さすがですよ」

龍太郎が満面に笑みを浮かべ、褒めたたえた。

「そうですか。そそっかしいところがあり、心配していました」

千秋が言うと、

「お母さんに対してだけじゃないでしょうか」

と、龍太郎が不思議そうに言い、

「なかなかどうして、筋を通していますよ」

圭子の働きぶり、仲間との付き合いなどをこと細かに語った。

「褒めすぎじゃないですか」

千秋が龍太郎に言い、さらに、

「あの子、仕事に満足していないようです」

と、意外なことを口にした。

「そうですね。埋もれてしまうことを懼れているのでしょうね」

龍太郎が、圭子の思いを知り抜いているかのように言った。

「圭子は自分を肯定的に認めることができないようです」

千秋が言った。

「自分の力で成し遂げたという経験を積めばいいと思いますよ」

心理学者が言うようなことを龍太郎が口にしたので、千秋は思わず龍太郎をまじまじと見つめ直した。

「思案のしどころですね。お力を貸してくださいますか」

千秋が龍太郎に助言を求めた。すると、

「圭子さんが、アルバイトをする理由を日本舞踊の稽古に通うためですと言っていましたが、ご存じですよね」

見透かしているように、千秋に言った。

「圭子が、お母さんを超えたいってよく言います」

千秋が打ち明けた。

「芸者さんに芸を教えているお母さんの姿を見て敬意を払っているのではないでしょうか」

龍太郎が言うと、

「そのようなことを社長さんに話したりするのですか」

千秋が意外だと言わんばかりに訊いた。

「お母さんのように、日本舞踊の名取になって教室を開きたいのかもしれませんよ」

龍太郎が言うと、

「私にはそのようなことを話しておりませんが」

千秋が猜疑心を募らせるようにして言った。

「会社の仕事では達成感が得られないのでしょう」

龍太郎がへりくだるようにして言い、

「どうでしょう。名取を目指して日本舞踊に専念できるようにしてあげたいのですが」

との龍太郎の提案に、千秋が初めて龍太郎の意図に気付いた。

「それは、圭子自身が決めることです」

千秋がきっぱり言い切った。

「それでいいんですか」

龍太郎が言い返すと、

「圭子は賢いが気弱なところがある」

千秋が言い、さらに、

「あの子は考え深いが、袋小路に入っているなと思えるときがままあります」

と言い添えた。

それから数日経ってから、

「武田製作所を辞めました」

と、圭子が「卯の花」に言いに来た。千秋が驚き、

「詳しく話して」

「最近、よく夢を見る。よく覚えていないけれども、畠中懿さんが夢に出てきます。私が自分とは何かと自問自答をしていたら、自分の中にある可能性とは何か、という問いではないかと言うの。私びっくりして目が覚めた。汗びっしょりで怖かった」

真顔で圭子が千秋に話した。

「そう、夢ね。でも本当のことよ」

千秋が膝を乗り出して言い、さらに、

「圭子。自分に何ができるのだろうかと思うと、自分の歩んできた道、これから何ができるのかと考え始める」

千秋が言った。

「でも、どうして畠中懿さんが夢に出てくるの？」

圭子が訊き返した。

「それはね、父親として圭子を愛し、行く末を見守っているからよ」

千秋が言うと、

「え、どうしてそう言えるの」

圭子が、千秋の顔を覗き込むようにして言った。

「圭子、あなた、前にチョウチンアンコウの話を私にしたでしょう。覚えていますか」

千秋が微笑みながら言うと、圭子が、

「覚えている。でも喩えがよくなかった」

詫びるように言った。

「そうじゃないの。よく言ったと感心もし、考えさせられたわ」

千秋が静かな口調で言い、さらに、

「畠中さんはもうこの世にいないけれど、私の中にずっと居続けている」

「どういうこと？」

圭子が真剣な眼差しを千秋に向け、訊いた。

「圭子、あなたはもう大人だから言うけれど、畠中懿さんの精子が私の中にまだいるのよ」

「あら、もっと聞かせて」

圭子が千秋に迫った。

「精子の中に畠中さんのすべてが入っていて、私の卵子がそれを受け入れて圭子という人間がこの世に生まれ、畠中さんと私のすべてが一緒になって歩んでいる。圭子が私に見えたり、畠中さんに見えたりするの。私の心の中のことだけれども、畠中さんは逝ったが圭子を通して居続けている。そういうこと」

千秋が慈しむように言った。

「そうね。畠中懿さんは死んでいない。育った環境に影響されたこと、受けた教育、考えたこと、学んだこと、いろいろな人とお付き合いをして得たこと、すべてが私に引き継がれている」

圭子が目を輝かせて言った。

「すべての中のいいことを受け継いでいるということを、いつも自分に言い聞かせて自分自身を励ますのよ」

千秋が言った。

圭子が引っ越しをしたと千秋が聞かされたのは、それからまもなくだった。千秋と会った後に圭子のほうから龍太郎に会いたいと連絡し、根岸で待ち合わせ、横浜駅に向かったことも後で知った。

「畠中懿さんが私を導いてくれている」

圭子が言ったとき、それを聞いた龍太郎は、圭子が何かにとりつかれているのではないかと思った。

「どういうふうに導いてくれているのですか」

龍太郎が圭子に訊いた。

「どんなことでも大事にして突き進んだらいい、と言ってくれているの」

圭子が真剣な面持ちで話した。

龍太郎は圭子の手を引きながら、歩き始めた。圭子は、畠中懿の面影と龍太郎の所作が重なり合い、引き込まれていくのを感じ取っていた。

二人がホテルへと吸い込まれていったのは、自然の流れであった。

龍太郎に抱かれた圭子は、体すべてを投げ出し、やがて記憶の中の畠中懿の幻影をおぼろげながら追い求めていた。

圭子は、龍太郎に抱かれながら妙だなと気付いていた。痛みもなく、話に聞いているような歓びを感じなかったのである。圭子は男性器の勃起不全について聞いたことがなく、性行為がどういうものか知らなかった。勃起不全とは性交時に十分な勃起が得られないためあるいは十分な勃起が維持できないため満足な性交が行えない状態と定義されていることなど圭子は知る由もなかった。性の交わりってこんなものか、と思いながら、疑いの心を封じ込めた。

翌日、龍太郎に誘われ、圭子は真言宗末寺を訪れた。

檀徒の願いを聞き入れ、護摩焚きの用意をしながら住職が、龍太郎とはふた回りも歳の差があると思われた圭子を見つめ、思わず天を見上げた。

圭子の願いごとは心願成就であった。それを見届けた住職が、睦子と龍太郎が訪れたときの光景を思い出し何度も頷いていた。

炎の中で燃えていく御護摩木を見つめながら、圭子の心は揺らぎ始めていた。それに気付いた住職が、仏前勤行次第にある懺悔文を唱え始めた。読誦する声が、心なしか震えていた。

「無始よりこのかた、貪瞋痴《とんじんち》の煩悩にまつわれて……みな悉く懺悔したてまつる」

と唱えて、住職が、

「恥ずかしいと思う心を持つことができれば、その心で仏様の前に座ったとき、お花や香などのお供えよりも、自分自身に恥じ入る心こそが第一のお供えとなります」

と、圭子に向かって言った。

「ありがとうございます」

圭子が深々と頭を下げた。

圭子が引っ越しをしたのは、その数日後だった。

「社長にすべてをお願いすることにしました」

と、圭子が千秋に語ったとき、

「お稽古は、名取は、師範は、名取披露目は？」

千秋が早口で圭子に訊ねた。

「みんなお願いしました」

圭子が言ったので、

「え？」

千秋が息を殺しながら呟いた。

「私の夢は、日本舞踊を日本の文化として伝える先生になることです」

圭子の言葉に千秋が、

「やはり畠中懿先生の子だわ」

と、声にならない声でつぶやき思わず身震いし、

「先生が生きている」

遠くを見つめて千秋が呟いた。

圭子の住まいに龍太郎がたびたび訪れるようになり、三月《みつき》が経っていた。圭子は、日本舞踊の踊りの稽古場に通う頻度も多くなり、その甲斐があってか推薦で名取を取ることができた。

名取披露目の会に必要な経費も、龍太郎が工面してくれた。一方で、圭子は感謝しつつも、心の負担が増していることに気付いていた。

圭子は師範を目指していた。しかし、師範になるには一律に高い水準が求められる。圭子は、日常の生活での龍太郎の無私の愛に応えながら、何が恩返しになるのだろうとしばしば考えていた。

龍太郎は週に一度訪ねるか全く来ないかだが訪れた時は龍太郎の求めに応じていた。しかし体を合わせるが喘ぎながらしまいにはだめだと言って座り込んでしまう龍太郎をみて、圭子は自身が至らないせいだと思い、悩んだ。こうしたことが度重なり心身の疲労が見え始めていた。龍太郎が子どもを欲しいと言うようになってから数カ月経っていた。子どもを産もうなどと考えもしなかった圭子は、葛藤が深まっていった。

日本舞踊を踊るには体力が要る。そのことは圭子も重々弁えている。基本中の基本だからである。しかし、圭子が抱える性にまつわる心痛は圭子の身体を蝕んでいった。

食欲が落ち、話す言葉数も少なくなっていく圭子を見て、龍太郎は医師の往診を依頼したが、特に異常はなく、精神的な面での見立てが必要だと言われた。

龍太郎が思いついたのは、源太郎を診てくれている吉田哲雄医師に依頼しようということだった。

龍太郎は、源太郎のことで世話になっていることもあって一度お食事をしたい、と吉田に打診した。

吉田は快く応じ、病院からは遠いが「卯の花」で、という知らせに従い、足を運んだ。吉田は、料亭での食事など一度もしたことがなかった。

畳に長い間縁のなかった吉田は、真新しい畳の匂いが漂う部屋に招かれて、違う世界に紛れ込んだのではないかと一瞬思った。客間の床の間に置かれていた一輪挿しに清楚な趣があって、それに惹かれた吉田は興味深そうに眺めた。吉田の所作を目にした龍太郎は、招いてよかったと思った。

部屋もきれいだが、運ばれた料理もめったに口にしたことがない品数の多さに、吉田は戸惑った。

龍太郎がお礼の言葉を言い、さらに話しかけたが、吉田は、はあ、と言うのみで専ら聞き役に徹した。

この先生は不器用だ、だがこういう医者ほど信用できる、と龍太郎は心の中で呟いた。

それから数日後に、龍太郎は吉田に圭子の往診の依頼をした。

源太郎への往診を引き受け、入院治療も担当してくれたので、これも縁と思い圭子の診察を願い出たのである。

往診は基本的にはしないことが吉田が勤務している病院の方針だが、時間外なら認めるというのは慣例になっていた。

料亭での食事への誘いはこのためだったのか、と吉田は思ったが、世慣れていない自分を省みて、これも持ち味と快く引き受けた。


吉田が圭子の住まいを訪れたのは土曜日だった。小さな一軒家の寝室で、龍太郎が優しい言葉をかけ、いたわっていた。龍太郎のかいがいしく圭子を看ている姿を目にして、吉田は内心驚いた。ふた回りは年の差がある、そう読み取り、言葉を失いかけていた。部屋の片隅に、派遣の家政婦と思われる女性がなす術もなくかしこまって立っていた。

この光景を目の当たりにし、さまざまな思いが駆け巡り、それを振り払うのに時間がかかった。

圭子の自覚症状を聞いて、経緯もさることながら圭子の置かれている状況に同情していた。

吉田は医師として問診をするのが当然なのだが、立ち入って詳しく訊くことが難しい状況と考え、入院を勧めた。

圭子が入院の勧めに素直に応じたのは意外だった。多少の抵抗を予想していたが、吉田も入院したのちに詳しく話を訊こうと思っていたので、障壁は越えたと判断した。

圭子は、望み通り個室に入院した。

「先生の上司である畠中懿先生を小さい頃からよく存じあげています」

圭子が吉田に言った。

「どうして畠中先生を存じあげていたのですか」

吉田が怪訝そうに訊き返した。

「私、小さいときに畠中先生にお目にかかっています」

圭子が声を低くして言った。

「え、そうですか。それは奇遇」

吉田が圭子の顔を確かめるようにして言った。

「畠中先生と鎌倉でお逢いし、由比ヶ浜でかけっこをしました」

圭子が、記憶を遠くから手繰り寄せるようにして言った。

「でも、母も私も畠中先生とはお逢いすることがなくなりました」

圭子が、子どもの頃の記憶をたどるようにして言った
「おつらかったでしょう。でも頑張りましたね」

吉田がいたわりの言葉を口にしたとき、圭子が突然、堰を切ったかのように泣き出した。目の前に畠中が立っているように見え、圭子は思わず、「お父さん！」と叫んだ。

通りかかった女性の医師、池内真理子が心配して部屋を覗いた。ただ黙って見守っている吉田に声をかけた。

「泣かせの吉田先生」

池内が言うと、

「深い事情がおありで」

吉田が言いにくそうにして言った。

「記録を残してください。勉強になりますから」

池内が念を押した。

吉田はあまり記録を残さない。言葉を文字にしてしまうと自分から離れてしまい、患者の苦悩も霧消してしまうのを恐れていた。医師として自分の中にとどめておき、熟成する

のを待つのが吉田の持論であった。個々人の歩みの中で醸成された思いを、単に記録として残すことは冒瀆《ぼうとく》であるとさえ吉田は考えていた。興味本位に医師たちが記録を目にすることが学術的に役立っているというのは、医道に反すると思っていた。

「本当にあの先生、私のことを分かってくれたのかしら」

吉田がいなくなった後、圭子は小さな声で呟いたが、

「もうすっきりした」

と背を伸ばして深く息を吸った。

その翌日、圭子が吉田に訊ねた。

「龍太郎さんとの間の子どもを産むかどうかです。子どもが欲しいという龍太郎さんの願いを叶えてあげたいのですが、実は言いにくい事情があって、先生はどうしたらよいか、お考えを聞かせてください」

「そうですね、生まれてくるお子さんが二十歳になる頃に武田さんは古希を越えていますが」

吉田の答えは歓迎しない口ぶりだった。

「私が決めます」

圭子が言い、それ以上何も言わずに終わった。

「あの先生、お話が少ない。言いたいことがたくさんあると思うけど、大丈夫かしら」

圭子がため息をつきながら呟いた。

翌日、圭子が吉田に言った。

「先生に折り入ってお話ししたいことがあります」

「ここで伺いましょう」

吉田が応じたが、

「この部屋は特別室ですが、看護師さんの詰め所で室内の会話を訊くことができますね」

圭子が訊き質した。

「患者さんの健康状態や安全を確かめるためにインターホンで聞きますが」

吉田が言うと、

「聞かれたくないことがあります」

圭子が真顔で、吉田に詰め寄った。

「どういうことですか」

吉田が訊き質そうとしたが、

「先生と外で会うことができませんか」

圭子が意外なことを申し出た。

「できなくはないが」

吉田が言うと、

「明日、外泊しますのでお逢いできますね」

圭子がたたみかけるように言った。

圭子が言う明日は、吉田が病棟の有志で食事会をする予定になっていた。

圭子がおそらく職員の誰かから聞いたのであろう、と推測した。圭子の計画の立て方に吉田は舌をまいた。

治療の範囲を吉田なりに考え、駅のホームで待ち合わせることを約束した。

会合に参加していた吉田は時間を見計らい、用事を思い出した、と言って中座し、駅に向かった。

ホームを思案げに行き来している圭子を目にし、吉田は圭子が新しい装いに身をまとっていることに気付いた。住まいでも病院でも目にしたことはない。

「駅は殺風景です。外へ出ませんか」

圭子が声をかけた。

一瞬戸惑ったが、吉田は圭子の誘いに応じた。

圭子の脚は、以前、龍太郎についていったホテルに向かっていた。

「なぜ、こんな所へ？」

吉田が戸惑いながら小さな声で言った。

「秘密を守ってくれる所はこういう所しかありませんもの」

圭子が吉田を促し、エントランスに入っていった。

目くるめくライトに照らされた部屋は薄暗かった。ソファに座り、圭子が吉田に話しかけた。

「先生、私、夜の営みってどういうものか知らないのです」

「えっ、どういうことですか」

吉田が驚いて訊き返した。

「龍太郎さんが初めてこのホテルに誘ってくれたのですが、何もなかった」

「どういうことですか」

吉田がまた訊き返した。

「抱いてくれるのですが、体を押しつけてくるだけで、セックスっていうんですか、それが行えない状態が続いているのです」

「インポテンツ」と言いかけ、それが男性にとっていかに屈辱的な言葉であるかに配慮し、医学書では勃起不全とか勃起障害と言い表すことを熟知していた吉田が控えめに、

「龍太郎さんはお歳ですから営みができなかったのではないでしょうか」

と吉田が控えめに言いかけたが、

「先生、セックスってどういうものか本当のことを教えていただけませんか」

圭子が吉田にしがみつきながら言った。

一瞬戸惑ったが、圭子を抱きしめるやいなや体を絡ませ、吉田は何が起きているのかさえ分からないまま、ことを遂げていた。

「洋画で観たことがあったけれども、営みの後で、女の人が『初めてなの、こんなに素晴らしいことだとは知らなかった』と言ったの。あのシーンは本当なんですね」

圭子が、吉田の胸に顔を埋めながら言った。

血の付いたシーツが気になり、吉田が片付けようとすると、圭子が手際よくたたんでいた。

「本当に初めてだったのですか」

吉田が訝るように言った。

「龍太郎さんとのときは汗水みたいなものが付いていて、今みたいではなかったのです」

「どうしていいのか途方に暮れたのでしょう」

吉田が圭子に慰めの言葉をかけた。

「本当のことを教えていただいてありがとうございました。これですっきりしました」

泊まらずにホテルから出た二人は、それぞれ別の電車に乗り、吉田は自宅に、圭子は住まいに向かった。夜は家政婦もいないので、気兼ねせずに眠りについた。

翌日、圭子は午前中に病院に帰った。

午後に千秋が見舞いに来た。

千秋に、吉田先生が畠中先生の教えを受けていた先生だと話したとき、千秋が、不思議なことってあるのね、と巫女のように確信めいて言った。圭子の中で畠中がまだ健在であることを知り、千秋は思わず我を疑った。

吉田とのホテルでのできごとを、圭子は千秋には言わなかった。

圭子は検査結果も問題がないということもあり、外泊をした二日後に、退院したいと申し出た。

　応対した辻井敏子看護師長が、

「え、何かありました？」

　突然のことに不審に思い、訊ねた。

「いいえ、踊りの稽古に差し障りがありましたのと、皆さんの励ましで気力を取り戻しましたので」

　圭子が辻井に向かってよどみなく答えた。

「分かりました。担当医は吉田先生ですが、主治医は定年で退職された後に嘱託で勤めておられる部長です。畠中懿先生は部長先生ですのでこれから許可をいただいてきます」

　吉田が一昨日の食事会を中座したことを思い出した辻井が、怪訝そうな表情を浮かべながら病室から出て行った。

　退院する日、心なしか元気を取り戻したように見え、圭子は病院の職員に見送られ、千秋が運転する車に乗った。

　退院後、外来に圭子が通ってこないので、畠中が吉田に訊いた。

「吉田君、別府圭子さんが外来に見えないが」

「さあ、なにか事情があるのではないでしょうか」

「そう、なにかあったら教えて」

吉田の答えを聞き、怪訝そうな表情を浮かべ、畠中は多くを語らなかった。

畠中は圭子の母、千秋との間である課題を抱えていた。そのことを吉田が知ったのは数年してから畠中が病を得て、入院した時であった。

吉田と圭子との逢引きは一度きりで、その後に圭子から吉田に何の連絡もなかった。往診の依頼もなかった。吉田も自分から連絡をしようとは思わなかった。実は圭子は、生理が止まり、不安を覚えていたのだった。

「一度だけなのに、こんなことってあるのかしら」

圭子は、妊娠に関する本を買い求めて知識を得ようとしていた。妊娠前の健康管理というキーワードで検索もして、一度だけの行為で妊娠することも稀ではないことを知り、驚きはしたが、不思議なこともあるものだと感心もしていた。

自分の子どもだと思い喜ぶ龍太郎を目にして、圭子は複雑な思いに悩まされた。

圭子は日本舞踊の師範になるために稽古を積み、試験を待つばかりになっていた。その矢先に懐妊を知り、臍を噛む思いで試験を受ける日までの日数を数えていた。産み月まで半年はある。圭子はひるむことなく練習に励んだ。

試験を受ける日に、担当する流派の幹部の人たちから、流派の芸を大切に受け継ぎ、その看板を背負う覚悟のほどを訊かれた。

「日本の文化の伝統を守り、より深める心積もりでおります」

圭子が答えると、

「後ろ盾がないとなかなかどうして困難な壁につきあたります。そのときにはどうしますか」

幹部の一人が訊き質した。

「自分の中にある可能性を絶えず見出す努力を重ねていきたいと思います」

圭子が言うと、さらに幹部が、

「現実の課題として有態《ありてい》に言えば、後援する方がおりますか、ということを伺っているのです」

露骨に訊き質した。

「育ててくれた母、私のおなかの中にいてやがて生まれてくる子どもとその父親と、亡くなった父が応援してくれています」

と言いのけた圭子に、

「夢物語を聞いているわけではない」

幹部が執拗に訊き出そうとしたが、

「夢ではありません。いつも声をかけてくれます」

答える圭子に、さらに、

「ありえない。妄言ではないですか」

幹部が断定的に言った。

「先生、先生は人の心が読めるのですか」

圭子が背筋をのばして訊いた。

「それは、確かなことは言えません」

幹部が言うと、

「不確かな物言いはしてはいけないのではないでしょうか。人は誰でも無限の可能性を秘めていますし、それを見守ってくれている人たちがいます。そう信じることが妄想でしょうか。妄想と言われようが、私は支えてくれている人の声に耳を傾け、懸命に努力し続けます」

言い続ける圭子に、

「ありえないこともありえる」

幹部が呟き、口をつぐんでしまった。

「それでは踊りを二曲踊っていただきましょう」

別の幹部が言い、皆それに従った。

圭子の気迫に押され、踊りに対する評価も高く、念願の師範になることができた。

経緯を聞いた千秋はしばらく泣いていた。

龍太郎はえらいことになったと喜び、これからが大変だと案じていた。

師範のお披露目は圭子の出産後に改めて行うと決め、日本舞踊の教室を立ち上げるために準備をすることも怠らなかった。

これらの動きに龍太郎の妻の祐子が危機感を抱き、長男眞一に解決策を講じるようにと説得し始めた。

眞一は会社の経営が安定していることと、整備工場そして倫子が部品を調達している部門もさしたる問題もなく稼働していることを祐子に説明し、祐子の指示に従う気配を見せなかった。

弟源太郎の無気力な生活ぶりが、眞一にとって気がかりであった。

同居していない龍太郎が家に顔を見せるのも、父として源太郎に気遣い、逢うためであった。主治医吉田の勧めもあって源太郎に逢いにくるのだが、話そうにも口をきかないので困り果てていた。

しかし龍太郎が家に立ち寄ったときに家族と夕食を共にするので、家族の皆が、子はカスガイ、とばかりに龍太郎を歓迎していた。

源太郎の母祐子は、裕福な家庭の出であった。小さなことにこだわらず、成り行きに任せるというのが信条で、夫龍太郎の振る舞いにはいっさい口出しをしなかった。ただ圭子が産んだ子が女の子と聞き、よくないことになりそうだという予感がした。龍太郎が、妻の出産のたびに、女の子を授かるといいと口にしていたからである。

祐子は、龍太郎が圭子の子を可愛がり、のめり込んでいくのではないかと恐れるようになっていた。龍太郎が家に立ち寄っても、源太郎の回復に効果がなく、むしろいっそう拒否的になっていくばかりであった。暴力こそ振るわないが、日増しに無気力になっていく源太郎を目の当たりにして、母親としてなんらかの手を打たなければと祐子は考え始めていた。

七　源太郎を巡って

吉田の龍太郎宅への訪問は三度目である。

源太郎の状態が良くないと聞かされていた。往診は特別の計らいによるもので、吉田は時間外を利用して夕方に足を運んでいる。

「普段どのように過ごしていますか」

吉田が訊いても、

「この通りです」

と、同じ言葉を繰り返す源太郎に、拒否的な態度と思考力の低下とのどちらかである、と吉田は考えていた。

源太郎は新聞も読まない、テレビは漫然と眺めているだけでチャンネルを変えようともしない、と母親から聞いている。気分が落ち込んでいるのかとも考えたが、むしろ活気が乏しいと考えたほうがよいと吉田は思っていた。

龍太郎が立ち寄り、話しかけようとすると別の部屋に行ってしまい、避けている。眞一が話そうとすると極端に嫌がる。食事も眞一の妻や甥、姪とは別の部屋で摂り、まとまる気配がない。

「家にだけいるのはどうかと思います」

吉田が源太郎の生活に工夫するようにと話しかけるが、

「そうですか」

と言うだけで、どうしたらいいのかとも訊こうとしない。

内容の乏しい会話に時間が費やされるばかりで進展がないことで、吉田が入院を勧めた。入院先は、圭子のこともあり知り合いの医師が経営する専門病院を紹介した。

源太郎の入院日に、主治医として吉田が同行した。家族は源太郎の母祐子のみで、龍太郎は多忙を理由にして付き添わなかった。

病院の方針として家族は待合室にとどまり、病室まで付き添うことができなかった。吉田はそれまで主治医であったことから、病室まで行くことができた。

希望した個室が並んでいる二階の入り口が鉄格子で区切られていた。開放病棟のみで治療に当たっていた吉田は、絶句した。まだこういう閉鎖病棟があることに驚いたのである。

源太郎の病歴聴取にあたって医師が吉田に詳しいことを訊こうとしたが、

「初診と考えて、母親からこれまでの経緯を訊いて欲しい。先入見なしに治療に取り組んでいただけないだろうか」

と、吉田が願い出た。

担当医も吉田の考えに同意し、母親の祐子に訊き始めていた。吉田が同席していないことで祐子がいささか動揺し、「分かりません」を繰り返していた。龍太郎のことを口にしたくなかったのである。担当医の腕次第、と吉田は割り切っていた。

「面会もしばらくは遠慮していただくのが治療方針です」

担当医が言うと、祐子が、

「母親として切ない」

涙を浮かべて担当医に抗弁したが、

「当院の方針です」

担当医が答え、説明もしなかった。

病院が自宅から遠く、面会もたびたびはできそうもないと半ば得心し、祐子は吉田と共に帰宅の途についた。

ため息ばかりつく祐子に、

「あきらめずに、よくなることを信じてください」

と、吉田が声をかけるのだが、祐子のため息は止まらなかった。

帰宅した祐子の話を聞き終えると、龍太郎は、そうか、と一言だけ言い、詳しい話を聞こうとはしなかった。だが、嗚咽する祐子を龍太郎が抱きしめ、背中をさすっていた。それを見届けた眞一が、

「源太郎が一家をまとめてくれている」

と、笑みを浮かべながら言った。

源太郎が吉田の勤める病院に入院したときは、朝六時起床、八時に朝食、その後にフォークダンスを全員で踊る、というふうに規則正しい生活で、会社を欠勤しがちだった患者も回復するという実績があり、その効果で退院できた。

ところが、今回紹介された病院では、閉ざされた環境で逆に無気力になり、回復がおぼつかないと、源太郎の境遇に祐子が疑念を抱き、転院を打診した。しかし、担当医が回復を約束し、転院は見送られた。

龍太郎は源太郎のことを気にかけていたが、圭子の娘凛子を可愛がり、しきりに逢いに

行った。

「凛子ちゃん、いい子だね」

龍太郎が言うと、

「車のおじちゃん、あたい千秋っていうの」

と、凛子が言う。

千秋が、おばあちゃんと言われるのを嫌って、千秋のお母ちゃん、と言うように仕向けていたのである。

凛子が自分の名を千秋と言うようになって、龍太郎も複雑な気持ちに見舞われていた。

「何度逢っても変わらない」

龍太郎が寂しげに呟いたのを耳にして、圭子が、

「辛抱してね。大きくなったら龍太郎さんにきっと感謝すると思います」

と言い、慰めた。

千秋に凛子の話をするときに、決まって圭子が、

「凛子、畠中懿さんに似ていない？」

と、千秋に言うと、

「それはそうだけれど、なんか妙な巡り合わせね」

千秋は不思議に思いながら、因縁めいた繋がりに身震いすることがあった。

「私はお母さんに似ていて、それがそのまま凛子に伝わっている。そう思わない？」

千秋に言う圭子の言葉に秘められている圭子の願いを読み取り、千秋は怖いとも思った。

「龍太郎さんは繋ぎのお手伝いでしかないのか」

千秋がため息をついた。

「圭子が凛子の容貌や立ち居振る舞いに畠中の面影を求めているのは間違いない」

千秋はそう確信し、畠中が圭子に取りついているのではないかと懸念すらしていた。


睦子は工場が多忙を極め、ときに悲鳴をあげていた。倫子の部品調達部も同じく利益を上げ、忙しさに目を回していた。

二人とも、圭子の日本舞踊の教室の評判がいいことを我がことのように喜んでいた。

ある日、睦子から倫子へ食事の誘いがあった。車の両輪のような間柄で、意思の疎通にも問題がなかった。

中国の鄧小平が来日し、中国への投資を、技術の移転をと政府に呼びかけて以来、工場を中国にと声をかけ合う企業の動きへの警戒に話が及び、大いに意気投合した。鄧小平が来日したのは昭和五十三年のことで、それ以来の日本の国の経済の話をしていたのだ。女だてらになどという陰口が、彼女たちの耳を素通りしていた。

「龍太郎さんも言っていたけれど、工賃が安いからと中国に工場を作るのは労働収奪だと私も思う。社長の受け売りだけど、十三億の民の一人が一日に一円の収益を上げたとすると、十三億円、年三百六十五日にすると四千七百四十五億円ほどになる。この数字は少なく見積もっているけど、そのうち世界一の稼ぎを労働者が生み出す。国民総生産や技術力など日本は出遅れてしまう。大平さんが心配していると新聞に出ていたけど、福田さんは中国に前のめりね」

睦子の素人政治談義が止まらない。

「そうね、職人さんも中国へ誘われているらしい。でも、お給料も遜色がないし福利厚生もほかの会社に負けていない」

倫子が応じた。

「圭子さんが月に一度、年度末に備え、財務諸表を作っている、と龍太郎さんから聞いているけれども、大丈夫かしら」

倫子が懸念を表した。

「圭子さん、税理士顔負けの力があって龍太郎さんが信頼している。それと、企業は社会貢献をするという責務があって、それを守らないと社会から信頼されなくなる。武田製作所は日本舞踊の教室での活動を通して文化面での貢献をしている」

睦子が圭子をかばい、さらに、

「龍太郎さんが、工場移転などとんでもないと頑張っている。信じるしかない」

と、睦子が言い、互いに労った。

縁《えにし》という言葉を大切にして棲み分けがもたらす共存共栄を目指し、二人は助け合っていた。


圭子の師範としての良さが人づてに伝わり、弟子の数も増えていた。

延び延びになっていた師範のお披露目が、門下生とともに流派の幹部の了承を得て、流派が後押しするという形になった。稀なことと日本舞踊界でも話題になった。

武田製作所が、企業活動の一環として支援メセナを推進することも了承された。圭子が非常勤ではあるが経理事務の仕事をしていることも、正社員の仕事ではないと説明され、このことも了承された。

お披露目会には幾人かの人に招待券が送られたが、吉田はためらい、当日は顔を見せなかった。

そのことを気にしていたのは、龍太郎だった。誤解されている、と思った。

「せっかくの祝いごとに来ていただけないのでは、この先が思いやられる」

龍太郎が呟くと、圭子はそっと言った。

「先生は想像力がたくましい。それでかえってためらったのと違いますか」

吉田と交わした、子を産むことを巡る会話と、その後の経緯を圭子は思い浮かべていたのだ。

このやりとりを耳にし、

「それぞれ事情がおありでしょうから、もうその話は終わりにしましょう」

千秋が場を和らげた。

お披露目会は門下生が活躍し、みごとな踊りを舞い、トリに千秋が歌を唄い、圭子が哀感漂う「潮騒の舞」を披露した。流派の幹部も「若いのにみごとでした」と圭子に讃辞の言葉をかけてくれた。

それからひと月後のことであった。

病院から仮退院の勧めで帰宅していた源太郎に、異変が起きた。

源太郎が廊下で尻餅をつき、立てないでいるのに祐子が気付き、救急車を呼んだが、龍太郎は任せる、とだけ言い、同乗しなかった。

近くの病院に行ったが、緊急血球検査で、ここでは無理、大学病院を紹介しますと言われ、救急車もそのまま市立大学の附属病院へと搬送してくれた。

検査の結果、急性骨髄性白血病と診断された。

担当医から重症と聞かされた祐子が、龍太郎にすぐ病院に来るようにと電話で話し、病院にとどまった。

病室で、

「済みません、済みません」

と、源太郎が大きな声をあげていた。それに祐子が気付き、「しまった」と呟いた。

これまでの経緯を、まだ担当医に話していなかったのである。

祐子は、龍太郎の到着を今か今かと待っていた。

龍太郎が車で駆けつけたときは、源太郎がけいれんを起こし検査を受けている最中だった。

　検査が終わり、運ばれてきた源太郎が下顎呼吸をし始め、それを目にした龍太郎が思わず、駄目かと叫んだ。

　検査が頭部の検査へと移り、終わって検査室から出てきた源太郎の呼吸が止まり、心電計のモニターを祐子や龍太郎に見せながら、波形が平坦になったことを見届けた担当医が深々と頭を下げ、ご臨終です、と告げた。急変してから半日も経っていなかった。

　診断書には、直接死因は心停止、影響を与えた間接要因に頭蓋内出血、急性骨髄性白血病と記載されていた。精神疾患名は記載されていなかった。

　病歴聴取も不十分なままに源太郎は逝ってしまい、龍太郎の心境は複雑だった。圭子の入院さえなかったらという思いもあったが、不遜だと自身に言いかけ、源太郎の死を受け入れた。

　病院で看護師のエンゼルケアがなされ、源太郎の整った顔を見て、祐子がいいお顔、と呟いた。

　夜も更け、葬儀のことも考え、病院の好意により霊安室で通夜を営んだ。

　龍太郎が溢れる涙を拭おうともせず流し続けているのを見て、

「喪主がしっかりしていないと」

祐子が龍太郎に言い、気丈に振る舞っていた。

眞一夫婦、睦子、倫子、圭子も同席していた。だれもが押し黙り、読経が終わるとそれぞれが帰宅した。

源太郎の葬儀は、真言宗の末寺で執り行われた。

「源太郎さんは生きておられます。遡《さかのぼ》ること何千年、いや何億年にもわたり引き継がれた命を享け、この世でさまざまな経験をして逝かれました。今この法要に同席しておられる方々が源太郎さんと関わり、それぞれ互いに何らかの影響を受け、支え合っていたことでしょう。私どもは因縁と申しております。ありとあらゆる因と縁をいただいて、今、私たちは生かされて現在があるわけです。どうか皆さん、これまで積んでこられた経験をいかして源太郎さんと共にご自身の信じる道を歩んでいかれることを祈っています」

住職が語り、葬儀を終えた。

遺骨は、高野山真言宗金剛峯寺の末寺にある墓地に埋葬された。龍太郎と眞一のみが四十九日の法要に参列した。

龍太郎が、それまで朝だけであるが毎日欠かさなかった仏前勤行次第の読誦のお勤めが、朝夕二回に増えた。

生活習慣が変わり、家に居ることが多くなった龍太郎に合わせることが祐子にとって喜びでもあったが、生活が乱されるようで祐子のほうが戸惑っていた。

「お父さん、今までの通りでいいのよ」

祐子の言葉に龍太郎は救われ、家族を大切にするようになった。会話は少ないが一緒にいるという感覚が、家族の間に安定感をもたらしていた。

祐子が、経典の内容について教えて欲しいと言った。それまで触れなかったことを口にする祐子の変化に、龍太郎は祐子がようやく武田家の人になったと読み取った。妙な感覚だった。夫婦の間に流れていた隙間風が止んだように、龍太郎には思えた。

「お父さん、密教って、教えが秘密ということですか」

祐子が問いかけた。

「秘密ではない。教えが密、つまり隙間がないほど詰まっているということ」

龍太郎が答えると、

「性的な欲望を肯定しているのが真言宗だと、眞一から聞きましたけど」

祐子が龍太郎の顔を見つめ、訊いた。

「般若理趣経といって、真言宗では最も重要な経典です。人間のもつ欲望を本来清浄なものとして、修行の方便とするので、まかり間違えると、欲望をよしとする考えに走ってしまう心配がある。それで、教えを説く僧侶より一対一で伝えるもので、大衆の前では説くものではないとされています」

龍太郎が説明したが、

「お父さんは伝えていただいていますね」

と祐子が問い詰めた。

「檀徒ですから」

これまで語らなかったことを、龍太郎が明かした。

「教えを正しく守っていますか」

祐子がきつい口調で言った。

「何を言いたいのですか」

龍太郎が異を唱えるようにして、言った。

「お父さんの生活をよそ様に言えないものですから」

祐子が暗い表情で言い返した。

「一度、住職さんのお話を聞きましょう。皆を入れて行きましょう」

龍太郎が提案した。

龍太郎が住職と話し合い、月に一度と決まっている工場の稼働停止日に、一同揃って寺に集まることにした。

龍太郎と祐子、睦子、圭子の四人が、住職の先導で本堂に入った。

住職の仏前勤行次第の読誦を十分ほど拝聴し、話を聞いた。

「皆様、御多忙の中のお越しくださり、誠にありがとうございます。私の話は難しいことは抜きにします。

密教以外の宗旨の場合は、その経典にいっさいの煩悩を否定するかのように書かれていますが、悟りの妨げになるからといっても、ある意味で生命の原動力であります。私たちが生きている限り、完全に否定することは不可能です。密教では煩悩を覚りへの原動力と捉えているのです。

極力抑えなければならない煩悩こそが、福徳と智慧の基である、それを役立てようというのです。

密教は、皆互いに支え合う。清濁あわせて受け入れ、浄化する。上を向いてまっすぐに伸びてゆこうとする素直な心を皆が持ち合わせている、と教えているのが密教です。皆様、お一人お一人が仏性と同体であることを自覚され、どうか力を合わせて生きとし生けるものすべてを慈しんでくださいますよう、心からお祈りいたします」

と結び、話を終えた。

「生まれながらにして仏というのは、心が引き締まるお言葉です」

睦子が言い、皆がお互いに顔を見合わせ帰路についた。

祐子は複雑な思いを抱きながら、家庭を第一にしようと改めて思った。

八　理趣経の教え

圭子の日本舞踊教室は評判がよく、それを聞きつけた多くの人々が子どもを教室に通わせていた。

床の間に掛け軸があり、それに「慈」と書かれていた。床框に置かれた一輪挿しには花が活けてあり、聞くところによると、毎日取り替えられているという。簡素な床の間を背にして、向かって右側に座り、三味線に合わせて唄う歌が心地よく響き、見学に来た親が皆口を揃えて、清楚な雰囲気、と感心していた。

雑多を避け、時間を守り、丁寧に教える圭子の一貫した教え方に型を読み取り、感心する親もいた。

圭子は武田製作所を正式に辞職し、業務を公認会計士に引き継いだ。その正確さに会計士が驚いたという。

圭子が主催する日本舞踊の会は来場した方々向けに、

謹啓
　武田製作所コミュニティ日本舞踊会を会館ホールにおいて開催いたしました。当日は、来場者八十名と多数のお客様にお越しいただき、日本舞踊をお楽しみいただきました。
　当舞踊会は、武田製作所の企業メセナ（芸術文化支援）活動の一環として多大なご支援をいただいております。
　皆様のご理解とご支援を賜りますようよろしくお願いいたします。
謹白
別府圭子　拝

という挨拶状が配られ、それを目にした龍太郎は充足感を味わっていた。

睦子や倫子は、三羽烏が二羽になったとおどけて見せた。二人はよりいっそう業務に励むようになった。

　人材が中国になびく業界にあって、武田製作所から中国に転職した職人は少なかった。福利厚生が効を奏したのだと、睦子と倫子二人とも確信した。

自動車を購入する人が増え、修理や車検が多忙を極めていた。睦子は納期を守ることに重点を置き、従来からの顧客を大切にした。

総勢六十人の職人の昼食作りに従事する調理人も、十人に増えていた。食堂は社屋の一角に設けられていたが、一同に会することが難しく、午後四時に昼食を摂る職人もいて、厨房の職員が、ご苦労さん、と声をかけていた。

職人を大切にするという評判が広がり、離職者も少ない武田製作所は経営も安定していた。

睦子や倫子の伝票を巡る手堅さが、職人を含めた従業員に融通が利かないと不評を買ったことがあった。それに対して、睦子が倫子との連名でチラシを配って理解を求めた。チラシには、

『宛名もないどういう品なのかも分からない領収書ですと、税法上は容認されることはあっても調査次第では認めてもらえず、財務諸表そのものも不正とされることがありますのであえて普段からお願いしております。検収印のない伝票は監査で注意されます』

と書かれていた。

圭子から引き継いだ税理士も、伝票ひとつにも厳正さを求める睦子や倫子の取り組みに

讃辞を惜しまなかった。圭子が最初から取り組んでいたことも知らされ、税理士が脱帽したことも龍太郎に伝わっていた。

武田製作所に対する評価が良い反面、龍太郎に対する悪評も噂されていた。倫子の子みどりも龍太郎の子であるかのような噂も広まっていた。

その頃、龍太郎が檀徒総代の選出を巡る争いに巻き込まれ、一部の檀徒から経典を曲げて解釈していると批判されていた。

やがて、総代の選出を巡る争いが高野山真言宗金剛峯寺の裁可に委ねるという事態にまでもつれた。

龍太郎に関する醜聞が宗派の新聞に書きたてられ、地方紙にまでその経緯が記事になったりした。

誤解されている、と苦渋を周囲にもらす龍太郎に、非難の声があがることはなかった。むしろ職員の士気が高まり、仕事に励むようになっていた。

職員の働き方に一番心を砕いている社長に非を唱える者こそ邪道だ、という声が武田製作所に広まっていた。

龍太郎が一人で高野山真言宗金剛峯寺の末寺へ出向いたのは、秋の十一月であった。

末寺では、末寺の檀徒総代として龍太郎に接した。住職が事情を訊いた。

「ご苦労なことです。経緯については承知しておりますが、誤解もあるようです」

糺すような言い方はしなかった。

「不徳のいたすところです」

龍太郎が深々と頭を下げて言った。

「ところで、理趣経はご存じですね」

住職が静かな口調で訊いた。

「祖父の代から奥の院の参道脇の墓地にお骨を埋葬しておりますので、金剛峯寺の住職様から特別のお計らいで伝えられました」

経緯を話した龍太郎に対して、

「修行のあとに法を伝える法儀を灌頂《かんじょう》と言いますが、それを受けていない方には、誤解されるといけないので伝えることはありません。まかり間違えると、欲望肯定論に走ってしまうからです」

と、住職が説明をした。

「お話の通りで、重々承知しております」

龍太郎がかしこまって言い、さらに、

「一般の仏教では、人間の持つ欲望を煩悩として、これを減少することを前提に法を説きますが、真言密教では、この欲望を本来清浄なものとして、修行の方便とすると教わっております。貪欲も、愛欲も、いかりの心も、すべてが清浄であると表現されています。人間の持つ生命力のたくましさと美しさを現実世界に生かしきることが、密教の理想であり、目的でもあるとうたいあげています。欲望を肯定するといっても、無条件にそれを認めることではない。自己中心的な欲望を否定したうえで、それがもつ本来的な生命力を生かして、より大きな、普遍的な欲望にまで育てあげようとしています。このようなことから、師僧より弟子に一対一で伝えられることも承知しています」

と、付け加えた。

「よくご存じです。理趣経の経典が武田様に伝えられたのは、檀徒としてのお働きに信頼を寄せた当時の住職が判断したことです。武田様が理趣経の教えを理解しておられることが分かりましたので、日常の生活に方便として活かしていただければと願っています」

住職が言い、さらに龍太郎に尋ねた。

「武田さんは空《くう》についてどのように考えていますか」

「真言宗以外の仏教では空を無と捉えていますが、真言宗密教は、空を無ではなく無限の可能性に満ちた世界であると捉えています。私も、可能性を己の中に探し求め精進して参りたいと念じております」

龍太郎が答えると、

「檀徒総代として、これからも修行に努めてください」

と、住職が言い、一連の争いに終止符が打たれた。

末寺の住職が聞き取りの内容を纏め、ひと月ほど経ってから公にした文書に目を通した檀徒も、龍太郎を引き続き総代として認めた。

争いに終止符が打たれ、龍太郎は以前にも増して職員の福利厚生に力を注いだ。車種が次々と新しくなり、それに対応する職人の負担が増え、体調不良を訴えるようになっていたためである。一企業では対処できないことは明らかだった。

部品も調達するのが困難になり、外注先との調整に苦労を強いられるようになった。倫子も先行きに不安を覚え、龍太郎をまじえ対応策を模索していた。

修理や車検も複雑になり、睦子がその対策に頭を痛めていた。

納期に間に合わなくなり、それまで受注していた会社からよそに回すと言われ、龍太郎がこれまでの実績に免じて受注できるように願ったが、聞き入れてもらえなかった。

　これを潮時と、事業の縮小を龍太郎は考え始めた。

　横浜市に本社を構える会社との繋がりが微妙になってきた。武田製作所も新たな車種の販売台数の落ち込みの影響を受け、経費削減の合い言葉で、受注額の削減を主とした経営戦略に巻き込まれていった。

　龍太郎は、職人の給与を変えなかった。

　社員の幸福や社会の利益を脇に置いて、自社の利益や株価の動きを追求し投資に回すような経営者をお手本にすることを、龍太郎は忌み嫌い、株価など見向きもしなかった。現場が第一、職人への敬意を怠らない。このことを龍太郎は常々心がけていた。

　軽自動車や中古車が主たる車種となり、高級車の修理は少なくなったものの、武田製作所の評判を聞きつけ修理や車検を依頼する客が多かった。技術力と顧客対応が高く評価されたのである。顧客の身分を問わず、顧客第一と丁寧に対応していた。離職する職人が少なく、優れた技術力が車愛好家の口コミによって伝わり、それが武田製作所を支えていた。

　睦子や倫子が職人と頻繁に話し合い、職人同士が積極的に話し合うことも勧められ、よき慣例になっていた。

週に一度は職人が車座になり討論することで、技術力を磨くことができ、それが職人の心を惹きつけていた。

どんなことがあってもお互いに信じ合おう、と言い合った。

龍太郎が自分の中にある力を信じようと常々語っていたのが、職人の間に浸透していたのである。

武田製作所の社是は、

『どんな小さな力でも力は力である。自身の中にある力を信じ、どこまでも、どこまでも、ただ目的に向かい、歩み続けよう』

である。職人はこの社是を職場の入り口で読み、仕事にとりかかる。

職員はこの社是に好意を抱いていた。

だが、龍太郎もすでに還暦を超えてから体力の衰えを覚えるようになっていて、職人も不安を抱くようになっていた。

圭子の娘凛子も中学生になったが、時々顔を見せる龍太郎をいまだに、車のおじちゃん、と呼んでいた。

凛子が龍太郎の子ではないと秘かに確信していた圭子はそれを咎めず、微笑みながら凛子を見つめていた。

千秋も、凛子におばあちゃんと言われるのをいまだに嫌い、千秋のお母ちゃんと呼ばれるのを改めようとはしなかった。

千秋の勧めで圭子は凛子の出産を控え千秋と同居していた。お茶屋では父の顔も名前も知らない女将が多く、それが当たり前だった。女将同士で子どもの面倒をみてくれていて凛子も多くの人の助けに支えられて育った。凛子も寂しがるようなことはなかった。お茶屋の支えがあって龍太郎は父親として振る舞うことができなかったので龍太郎が凛子に与える影響力は少ないと圭子は考えていた。

このことを千秋は見抜いていたが、それを口にすることはなかった。

龍太郎は、凛子を人一倍可愛がっていた。女の子がいたらという願いが、凛子の誕生で満たされていた。それは龍太郎の勝手な思い込みで、圭子も凛子もまた千秋も龍太郎の気持ちを汲もうとしなかった。

圭子の日本舞踊教室は評判が良く、子どものお行儀が良くなり、健康にも良いという口コミで母親たちに歓迎されていた。

日本舞踊は体力が要る。というのは、所作に優美さと抑制を働かせることが求められるからである。このことがあまりよく知られていない。子どもを通わせている母親たちにそのことがしだいに認識され、健康にも良いと言われるようになったのである。

日本舞踊の動きでは、肩から胸の動きが大切で、しかも難しい。腕は柔らかさばかりではない。上、左・右、前ときっちりと伸ばさなければならない。まっすぐでなければならない腕も、また大切なことである、と圭子は親に説明していた。

動きを間違っても圭子は咎めず、手に手を取り所作を根気よく教えていた。それについていけない子もいたが、余分に時間をかけ、お月謝の増額などいっさいしなかった。このような関わり合いが、子どもの自己肯定感を高めていたことを親たちも気付いていた。

圭子は武田製作所の社是、『どんな小さな力でも力は力である。自身の中にある力を信じ、どこまでも、どこまでも、ただ目的に向かい、歩み続けよう』を頭にたたき込み、子どもの力を信じていた。会社にあった社是の額は、住職の揮毫と聞いていたが、気に止めなかった。

いいことはいい、が圭子の生活信条であった。

睦子から皆で食事をしようという提案があった。お互いに都合の良い日を選び、逢うことになった。

好天にめぐまれ、睦子、倫子、圭子が揃って互いに腹蔵なく話し合うことができた。

「ここで一番若いのは圭子さんね」

睦子が言い、歳の差と将来への懸念が話題になった。

「息子が結婚したけれど、私も還暦を超えている」

睦子が言うと、

「私も娘がもう三十五歳になりますので、どうなることかと心配はしています」

倫子が言い、さらに、睦子の息子の結婚式についても言及した。

「仲人はなしで司会は友人、簡素でいいのではないですか。息子さんの人前結婚、素晴らしい」

「相手との相思相愛が最高の贈り物です。私も倫子さんも幸せよ。相手に恵まれたから」

睦子はそう応じると、圭子に尋ねた。

「圭子さん、凛子ちゃんは何歳になりましたか」

「もう十七歳。でも、大学へは行かない、日本舞踊の師範になると言っています」

圭子が言うと、

「凛子ちゃん、龍太郎さんのことをまだ車のおじちゃんって呼んでいると聞いたけど」

睦子が、圭子に向かって怪訝な顔をして聞き質した。

「凛子は、私の母を千秋のお母ちゃんってまだ呼びます。母がおばあちゃんと呼ばれるのを嫌ったせいです」

圭子が言いにくそうにして、わけを話した。

「でも不思議ね。凛子ちゃんにとって父親は誰なのかしら」

睦子が圭子に問いかけた。

「凛子は、自分は私の母千秋のお相手だった畠中懿先生の子どもだと信じているのです」

圭子があたりに気付かれないようにして、小さな声で言った。

「あら、畠中先生は二年ほど前にお亡くなりになられたと聞いていますが」

睦子がたたみかけるようにして言った。

「そうです。母も不思議なこともありうる、などと言っていますが、私にも分からないのです。隠しごとがあるのかもしれません」

圭子が空を見つめるかのようにして答えた。

「畠中先生の霊が取りついているのかしら」

「不思議ね。でも凛子ちゃんが追い求めているのならありうる」

睦子と倫子が同時に声をあげた。

「母が畠中先生を忘れられないみたいで、なにかというと凛子に畠中先生のことを話しているようです。凛子もそれを聞いて、まるで畠中先生が生きていてどこかにいるみたいに思っています。畠中先生が父親で、龍太郎さんが父親代わりをしていると信じているみたいです」

圭子が静かな声で言った。

「そうね。一途に思い込むと傍らの人から見ると信じられないかも知れない。そういうのを、精神科の医者は血統妄想などとすぐ決めつけるけれど、当事者にしてみればそんな簡単なものじゃないと私は考える。信仰もそうです。信じる、それだけ。余計なことは考えない、それでいい」

睦子が言い、倫子もそれを聞いて、凛子のことを話題にしなくなった。

圭子は、凛子が龍太郎の子なのか、吉田の子なのか、いまだに結論を出していなかった。龍太郎の認知の申し出を断ったせいで、龍太郎が父親だとは戸籍上は言えないが、圭子はその真偽について、千秋以外の人には話していない。圭子の背中から汗が噴き出していた。

「ところで、私たちこれからどうなるのかしら」

睦子が口火を切った。

「龍太郎さんがあと数年で傘寿を迎えるでしょう。圭子さんは日本舞踊でもう盤石ですが、工場をどうするつもりなのかしら」

睦子が言い出した。

「私が月に一度財務諸表の作成前の資料に目を通している限りでは、倒産はありえないと思います」

圭子が言うと、

「あら、圭子さん、まだ非常勤で経理を担当しているの？」

睦子が驚いて訊いた。

「もう手を引こうと思っていますが、お目付け役が欲しいと龍太郎さんが言いますので」

圭子が気まずそうに言った。

「そうね、税理士顔負けの力を持っていると龍太郎さんが言っていた。でもどうかしら。圭子さんも完全に独り立ちしては」

睦子が言った。

「中古車相手では先行きが思いやられる。横浜に本社を構える会社も赤字で困っているという噂が流れていることは間違いないです」

　圭子が、千秋からの話を基にして言った。

「圭子さんの情報は信用できる」

　睦子が言い、

「倫子さんどうしますか」

　と、倫子に問いかけたが、

「職人さんたちも整備工場から離れ、古くからの人たちは歳を考えてやめていくし、龍太郎さんは補充しないというし、龍太郎さんに直談判しましょう」

　睦子が言い、締めくくった。

　龍太郎の経営方針は、

『現場第一、職人あっての会社である。安全で良い製品を造り、顧客に提供する。利益を職人に還元する。株などの投資で利益を上げるのは邪道で、失敗を人員削減で埋め合わせをする企業があると聞くが、経営者のすることではない』

　ということであった。

親会社から関連中小企業の淘汰という最悪の事態が迫ってきたとき、龍太郎は中古車の販売のみに的を絞るという方策を、睦子や倫子に提案した。

修理や車検、部品の調達は武田製作所の得意分野であった。しかし、自動車の生産の分野では工作機械の調達に資金面でついてゆけず、リコールにも対応できないため、中古車に限定したのである。若い職人が魅力を感じないのは分かりきったことで、龍太郎は気にも止めなかった。職人の健康不安を危惧したのである。

睦子の息子が結婚し、倫子の娘みどりは大学の法学部を出て数年を経ているが司法試験を目指しながら、圭子の教室を手伝いたいと言っていた。龍太郎の後継者と言える者は、長男眞一だけになった。

これまで武田製作所を支えてきた睦子や倫子の寄与について、龍太郎は相応の判断を迫られていた。日本舞踊教室を営む圭子は、その基盤を盤石なものにしていたので何ら懸念はなかった。企業メセナに関わる支援は細るにしても、実績は評価されていた。

傘寿を迎える龍太郎が対応策を提案した。

部品を他企業から調達するにしても規模を縮小し、整備、車検の業務も縮小する。整備工場は中古車のみ扱い、車検も中古車のみに絞る。いわゆる棲み分けで、他社との共存共栄を図ったのである。

部品調達部門の業務を主とする店舗を縮小し、駐車場を設け、残りの敷地に賃貸マンションを新しく建てる。

整備、車検の業務も建物を改築し、残りの敷地に賃貸マンションを建てる、という内容だが、睦子も倫子も異論を差し挟まなかった。賃貸マンションの登記は両人名義とし、その費用に退職金を当てるとして、事実上両者の退職が決まり、古参の整備士が後任の責任者となった。

わずか一年半の間にこの案が実行され、睦子と倫子は、畑違いではあるが家主として生計を営み始めた。

九　婚外子を生きる

長男眞一は龍太郎の跡を継ぎ、中古車販売を主とする武田製作所改め武田モータースの社長に就任した。

龍太郎は傘寿を迎えた年に顧問になり、実務のいっさいを眞一に委ねた。

この変革に、祐子が、不服であると龍太郎に直に申し出た。

「お父さん、私には納得できません」

祐子が言うと、

「どういうことですか」

龍太郎が訊き返した。

「私はお父さんにとって何なの、って訊きたいです」

祐子が言い、さらに続けた。

「睦子さん、倫子さんお二人は会社をもり立ててくださいました。感謝しています。けれども、不動産の名義変更については理解できません」

「おふた方の長年の功績に報い、退職金を給付しました。その退職金でマンションを購入したのです。税務署から何のお咎めもありませんでした」

龍太郎が言い返した。

「それでは私の退職金はどうなります」

祐子が言うと、

「あなたは私の妻です。会社の社員ではありません。税法上、あなたに退職金は払えません。しかし、長年のご苦労に対して私がこの土地や屋敷を生前贈与という形であなたの名義で登記するという方法があります。名義変更です」

龍太郎が役所言葉で話した。

「じゃあ、お父さんはこの家を出て行くこともできるのですね」

祐子が言うと、

「私が眞一から会長への退職金を払っていただき、そのお金でマンションの一室を購入し、手狭ながらそこで暮らすこともできます」

龍太郎が真顔で言った。

龍太郎があまりにも杓子定規に話を運んだため、互いに血の気が引いたように顔が青ざめていた。

「こんな話をしたくなかった」

と龍太郎が済まなさそうに言った。

「私も感情に任せてしまいました」

と祐子が詫びるように言い、

「お父さん、この家を改築して、住みやすいようにしませんか」

と祐子が提案した。

「それがいい、隠居住まいも悪くない」

龍太郎が応じ、眞一にことの経緯を話した。

この頃、雑誌などが元首相の隠し子、野党の有力者の隠し子を報じていたが、龍太郎は全く気にしていなかった。

半ば引退していたけれども、龍太郎は週に一度は会社に顔を出し、眞一に助言をしていた。

睦子が圭子に、龍太郎を加えて年に一度の御護摩祈禱をしよう、と提案していた。

若い圭子を除いて、睦子は還暦を超え、龍太郎は傘寿を超えていた。

龍太郎の妻祐子は誘われても断り、睦子と逢おうともしなかった。しかし、圭子の子どもである凛子にあるとき逢い、気に入り、これからも逢いたいと圭子に申し出た。何かの因縁かと圭子は思ったが、凛子は気が進まないと言い、叶うことがなかった。

住職の講話を聞く会が、春の三月に開かれた。なぜか凛子がその会に出たいと圭子にせがみ、凛子も加わった。

講話が一段落したとき、凛子が、

「和尚さん、亡くなった人の声が聞こえますが、信じていただけますか」

と、住職に問いかけた。

「その方をお慕いしてお声を聞きたいとひたすらお祈りすれば、聞くことができます」

住職が答えると、

「それは本当ですか」

睦子が驚きの声をあげた。

「皆さん信じる、ひたすら信じる、それが信仰です。形としては目には見えなくとも、祈り続ける人にはその祈りが叶えられるのです。信じましょう」

住職が笑みを浮かべ、凛子に言い添えた。

圭子は下を向いたまま黙っていた。だが、この経緯を千秋に伝え、吉田に相談する手はずを整えた。

吉田は以前と同じ病院に勤めており、診療科部長になっていて、快く応じてくれた。

「凛子を覚えておられますか」

圭子が切り出した。

風の便りで圭子が子どもを産んだことは耳にしていたが確かめもせず、ましてや会うこともしなかった吉田は「いや、覚えていません」と平然と言った。

笑みを浮かべて言う吉田の巧みに装う様を見て取った圭子は、えっと声を詰まらせたが、

「実は、凛子が吉田先生の指導医であった畠中懿先生を慕っていて、畠中先生の声が聞こえると言ったりしますが、病気でしょうか」

と、恐る恐る訊いた。

「きちんとした日常生活を送っておられるのでしたら、問題ありません。それに日舞で活躍されていると伺っておりますので、将来が楽しみです」

吉田が言うが、

「素人の考えですが、本などを読みますと、幻聴というのだそうですが」

圭子がすがるようにして言った。

「現れた現象だけで病名を付けるのは一部の精神科医の惰性によるものです。人の営みは多様で奥深い。このことを常に念頭において、生い立ちや生活の歴史をたどって判断するのが正しい方法です。本人は困っていないのに、周りの人たちが違和感を覚えるからといって障害者呼ばわりをするのは、間違っています。むしろ、能力があっての聞く力と考えるべきでしょう。心の病と称するのは理解不足で、能力、と捉えますと理解できます。凛子さんのことは、大丈夫です。ご心配要りません」

吉田が話すのを聞き、圭子は自分自身の人を見る目の至らなさを自覚させられた思いがして、「凛子ごめん」と呟いた。

「それと、申し上げにくいのですが、凛子が畠中先生のお墓参りをしたいと言っています。先生は場所をご存じでしょうか」

圭子が尋ねると、

「畠中先生のお墓は、鎌倉のお寺に行くと分かります。亡くなられて三年になります」

と、吉田が即座に答えた。

「お参りしてもよろしいでしょうか」

圭子が、混乱した頭を冷やそうと苦心しながら、済まなさそうにして言った。

「知っている方々がお参りしていますし、どなたでも出入りできると聞いています。なんならご一緒しましょうか」

吉田が親切に言い添えてくれた。

土曜日に吉田が案内してくれた。寺の山門をくぐり抜け、左の小径を歩いてまもなく、墓が並んでいた。

吉田が、このお墓です、と立ち止まって手招きした小さな墓が目についた。質素だが形の良い、品のある墓だった。

圭子が墓碑を見て、没年月日を確かめ、二年ほど前であることを知った。そして母千秋の隠しごとの深い事情をくみ取り、大きく息を吸い込んだ。母千秋はお茶屋の女将同士が子どもの父親の名を決して詮索しない習わしに従い畠中懿の名を口にせず私を守り続けたのだ。みどりちゃんを守り抜いた倫子さんと同じだ。二人とも、まさに泥沼に咲く蓮の花だ、と自分に言い聞かせ、母千秋の芯の強さに改めて思いをはせた。凛子と一緒に力強く生き抜こうと、圭子は心を新たにした。

凛子が小さな花を供えた。そして蠟燭に火を灯し、次いで線香に火を移してから墓に供えた。圭子についで、吉田が手を合わせて頭を垂れた。凛子が泣き出したのは、その直後だった。

振り分け念珠を両手にして合掌、ついで右ひざを地面につけてから左ひざをつけ、続けて頭を地面につけ、両手を前方に出して、両手のひらをかざしたまま、凛子はなにやら唱え始めた。

最上の敬意を表す礼拝である凛子の五体投地を目の当たりにし、吉田が驚いて体を支えようと手を差し伸べたが、圭子がそれを制止した。

「凛子は畠中先生の生まれ変わりだ」と圭子がため息交じりに呟いたが、誰も聞いていなかった。

圭子も両手を合わせ、凛子の祈りを見守った。

吉田が目を見開き、頷きながら、

「よかったね、凛子さん。一緒にお参りした甲斐がありました。ありがとう」

と言うと、凛子が深々とお辞儀をした。

よく晴れていて鎌倉見物にはいい日和なのだが、凛子が望まなかった。

吉田にお礼の挨拶をして、圭子と凛子は鎌倉を後にした。

圭子は、凛子の成長を見守ろうと改めて愛おしく思った。

ほどなくして睦子や倫子が圭子の日本舞踊教室に通い始めた。倫子が、娘のみどりと共に事務の業務をしようと約束してくれた。

健康のためではあったが、教室の雑務を手伝うと申し出たのである。

圭子は面食らったが、お互いに文化活動を盛り上げましょう、と誓い合った。

傘寿を超えた龍太郎は、日本舞踊教室の発表会には必ず観客として出向いていた。そこで睦子や倫子と顔を合わせ、凛子と逢うのを楽しみにしていた。

「あら、車のおじちゃん」

龍太郎に気付いた凛子が声をかけた。

「凛子ちゃん、笑顔がとてもいい」

苦笑しながら、龍太郎がいつものことのように応じていた。

凛子が介護士資格を得たいと言い出し、初任者研修資格取得スクールに通い始めた。圭子は凛子の意図を計りかねていたが、目標を定め、ひたすら歩み始めるのはよいことと思い、希望に沿うように手助けをした。

日舞との両立は難しいと圭子は思ったが、二年の研修を兼ねた勤務を終え、凜子は難なく介護士の資格を取得した。

龍太郎が体力の衰えを口にし出したのは、傘寿を超えてまもなくからだった。世はバブル崩壊に見舞われ、騒然としていた。その頃、飛鳥井望が亡くなったことを知った。戦時中に空襲に遭い、盟友飛鳥井と共に古書店の軒下で一夜を過ごしてから徒歩で横浜まで歩いて帰ったことを思い出し、龍太郎は数々の改革を断行した盟友の他界を惜しんだ。

心の支えを失い、将来の展望など考えるゆとりもなくなった龍太郎を祐子が心配し、眞一にどうしたらよいかと相談した。

「睦子さんたちのほうが力になってくれるのでは」

眞一の言葉に祐子は恐怖を覚えたが、不安を募らせて睦子の住まいを訪ねた。

「睦子さん、主人に入院などを勧めてください」

「私は龍太郎さんとは婚姻関係を結んでいません。倫子さんもシングルマザーですが、龍太郎さんとは何の関係もありません。単なる会長と従業員との間柄です。私たちは立ち入ることができないのです」

睦子が言い返した。

「息子さんは」

祐子が、睦子の子どもに助けを求めた。

「婚外子で認知を求めませんでした。子どもは結婚しています。結婚とはいうものの、人前結婚といって仲人も立てず、親は招待客の一人として招かれ、挨拶もできませんでした。それぞれの招待状に、入籍のご報告、と記されていました」

睦子が淡々として語り、続けて言った。

「息子は新しい戸籍をつくり、驚くことに相手方の親と養子縁組をしています。親から離れ、自助を合言葉に、自分たちの力で生き抜くつもりで決めたのだと思います。私の遺産も圭子さんの日本舞踊教室に寄付します。倫子さんも娘のみどりさんも同じ考えです。凛子ちゃんの心意気に、私たちの将来を委ねています」

「じゃあ、相続などとは無縁に」

祐子が問いかけると、

「私たちは考えてもいません。遺留分の権利もありません。龍太郎さんとの将来については期待もしていないし、息子に訊いた限りでは関わり合いを持つことも思っていないと言えます。後ろ盾など考えもせず、自立へと励んでいます。ただ、家父長制に与する生き方はして欲しくない。息子の奥様方に期待するしかありません」

と、睦子が言い切った。

食事を摂ることも少なくなってきた龍太郎を看て、祐子の不安がますます募り、圭子を頼るようになった。

「お医者様は？」

と圭子が訊いた。

「それが、いらん、と言って受けつけないのです」

と祐子がか細い声で言った。

その話を傍で聞いていた凛子が、

「吉田先生にお願いしたら」

と言い、圭子を驚かせた。

「内科の先生が診るのでは？」

圭子が言うと、

「私は介護士です。車のおじちゃんは精神神経科の先生が担当すべきです」

と、凜子が強く言い張った。

吉田が経緯を聞き、往診をしたのは、年の暮れ近くだった。

「何もすることがありません。龍太郎様のお気持ちを汲んで、そっとしてあげてください」

というのが、吉田の判断だった。

同伴していた凜子は、介護の現場で聞き知っていた――消極的安楽死――という言葉を思い浮かべていた。だが、それを口にしなかった。

龍太郎は食事を摂らず、水さえ拒み続け、年の瀬も迫る十二月二十日に息を引き取った。吉田が駆けつけ、凜子も同伴した。睦子や倫子も駆けつけたが、祐子が丁重に断った。眞一が妻を伴い、駆けつけたのは夜半過ぎだった。

直接死因の欄に「心停止」、誘因となる病名の欄に「摂食障害」と記載されていた。

吉田の診断書は、何の疑問の余地もなく、役所が翌日にそれを受け取った。

手続きを済ませた後に、病院での看取りではなかったため、吉田が自宅でできることとして湯灌を勧めた。祐子が思案に暮れていたのを見て、凜子が吉田の提案に沿い、家族でできる湯灌をと祐子に提案し、さっそく準備に取りかかった。

吉田も祐子を説き伏せ、凛子と祐子とで力を合わせて執り行うように、と助言をした。睦子は立ち合わなかった。祐子が拒んだと伝わり、早々に帰宅した。

思いのほか力が要り、凛子が汗だくになり、手順通りに進めた。浴槽が大きかったので眞一と吉田の力を借りて、ボンボンベッドに体を横たえさせた。

湯に水を入れて温度を確かめ、逆さ水を用意した凛子が、祐子に促した。

「奥様からお願いします」

「どうすればよいのかしら」

「逆さ水です。左手で柄杓《ひしゃく》の根元を持って下さい。それから足から胸へとお湯をかけて下さい」

凛子が祐子に向かって声をかけた。

凛子の言うことに従い、祐子が逆さ水を注ぎ、ついで凛子が注ぎ、それを終えてから体を拭き、眞一と吉田の力を借りて布団に移した。

本来なら医師のすべきことではないが、慣習にとらわれない吉田に、祐子は拝むようにして手を合わせた。また、凛子に向かい手を合わせて深々とお辞儀をしたのを、眞一が驚くようにして見つめていた。

湯灌を終えた後の翌日、真言宗末寺の住職が赴き、読経をして弔った。

引退したとはいえ、元企業の会長の葬儀にしては弔問に訪れる人が少なく、醜聞を伝えた地方紙も訃報を報せなかった。

二日後に荼毘《だび》に付したが、龍太郎のかねてからの願いで、高野山真言宗金剛峯寺の導師に依頼し、奥の院へ向かう参道の脇にある祖父、父の墓地にお骨を埋葬することになった。

納骨のため高野山に向かったのは、祐子と眞一夫婦のみであった。

睦子も倫子も圭子も見送ることすらできなかったが、小さな食事会を催し、語り合った。

「龍太郎さんの人生って何だったのかしら」

睦子が口火をきった。

「私たち、子作りなんて考えもしなかったし、死線をさまよいながら産み、結果としては命を繋いだということは間違いない」

睦子が続けて、

「龍太郎さんはどう思っていたのかしら」

と、倫子に問いかけた。

「眞一さんや睦子さんの息子たちに期待していなかった?」

　倫子が言い、さらに、

「凛子ちゃんを可愛がっていた」

　睦子が言い添えた。

「凛子は龍太郎さんを車のおじちゃんと最後まで呼び、変えなかった」

　圭子が意外なことを口にした。

「そうね、不思議ね。亡くなるふた月前から話さなくなり、祐子さんとも筆談だったそうよ。それがなんと、息を引き取る前に凛子ちゃんって呼んだって聞きました。祐子さんの名前は呼ばなかった、と祐子さんが悔しがり、湯灌のときも凛子ちゃんが言うがままだったらしい」

　睦子が言うと、

「祐子さんは良家のお嬢様だって言うし、なんか不思議ね」

と、圭子が呟いた。それを耳にして、

「龍太郎さんは真面目に生きたと思う。世間ではなんと言おうが一生懸命生きた。亡くなる前に食事を摂らなかったと聞いていています。恐れ多いことですが、弘法大師さまもいっさい食を絶ったと言われていいます。覚悟がおありだったのかと思います。真言宗の信徒として生涯を終えた。その一語に尽きる。倫子さんも圭子さんの日舞の教室のお手伝いは気分転換にいいし、家主さんで、駐車場の収入があるし、みどりちゃんもしっかりしていて司法試験に受かったって聞いた。後顧の憂いなし。ありがたいことです。言うことなし、自助、自立」

睦子が言い添えた。

「話が変わるけれど、凛子ちゃん本当に龍太郎さんの子？」

倫子が話を変えた。

「龍太郎さんからの認知の申し出をお断りしています」

圭子が気まずそうに言った。

「そう、でもどうして？　私は根っからのシングルマザーだから腹が据わっていましたが」

倫子が問い質した。

「紀夫さんも認知されていないと伺っていましたので」

圭子が答えると、

「私たち、子どもが欲しいと考えもしませんでした」

睦子が言い、さらに、

「龍太郎さんが、圭子さんに子どもを産んで欲しいと言ったと聞いています」

と、倫子が言い添えた。

「龍太郎さんが話したのですか？」

圭子は訊き返すと、俯いたまま押し黙った。

「そうね、でも圭子さんが一番分かっている」

睦子が含みのある言い方をした。

圭子はそれに答えず、睦子も倫子も口をつぐんでしまった。

百カ日の法要が営まれ、睦子、倫子、圭子、親交があったということで千秋も加わり、祐子、眞一夫婦と共にお勤めをした。

住職が、般若理趣経百字偈の読誦をと、皆に勧めた。漢音読みのためルビに沿って唱えたが、意味がよく分からないということで、住職が日常の言葉で次のように語り伝えた。

「真言密教の菩薩は、生き変わり死に変わりして、この世の迷える生きとし生けるものすべてを救おうと努め、悟りの境地に安住することはないのです。

菩薩は真実の知恵と実際の行いをもって、諸々の生きとし生けるものを、すべて清いものとします。

救済しようとする大きな欲望は、生きとし生けるものすべてを安楽な状態にしようという境地にいることで大きな富に恵まれ、この迷いの世界が思うままになり、生きとし生けるものの救いを堅固にするものです。

お分かりいただけましたでしょうか。龍太郎様の生涯は、まさに百字偈が示している菩薩に近いと言えます」

住職が笑みを浮かべながら述べた。

睦子が住職に訊いた。

「龍太郎さんのお骨が金剛峯寺の奥の院の参道脇に埋葬されるのは、どうしてでしょうか」

「仏陀が、入滅されたのちに修行し、弥勒仏とも言われております弥勒菩薩となり、衆生を救うために五十六億七千万年後にこの世に現れます。そのときにそれまで仕えていた弘法大師空海が菩薩に従い、奥の院に現れると信じられているからと言われています」

住職が淡々として答えた。

「お逢いするのを待っている」

睦子が、宙を見つめたまま言うと、

「さようでございます」

住職が答えた。

睦子がそれを聞くと、大きな河に流されでもしたように押し黙り、やがて帰り支度をし始めた。

皆がそれぞれの思いを抱きながら、家路についた。歩きながら、睦子が言った。

「凛子ちゃんが見えなかったが」

「子どもは誰も来ていない」

圭子が怪訝そうに言った。

「そうね、余計なこと言いました」

睦子が言い、さらに圭子のほうを向き、

「凛子ちゃん、龍太郎さんや祐子さんのお気に入りだったのに」

と、含みのある言い方をした。

「あら、そうかしら」

圭子が否定的な言い方をした。

「圭子さん、ごめんなさい」

睦子がそう言い、謝りながら、物足りなさそうな表情をして足を早めた。

睦子や倫子が登記簿謄本を確かめ、生活設計について語り合った。

「無駄なことをしなければ安泰ね」

二人が語り合い、

「圭子さんはみごとね、しがらみを断ち切ったようなものだから。みどりさんも凛子ちゃんを尊敬し、あやかりたいと言っているし」

と、睦子が感心して言った。

「でも、私たちも健康のためにお稽古の手伝いを続けましょう。奉仕、奉仕」

倫子がそう言い、

「そうね。それがいい。みどりも承知しているし、婚外子の心意気」

睦子と倫子が言い、互いに頷き合った。

千秋のお茶屋は賑わいがなくなり、料亭の客足も少ない。海岸沿いに製油所ができ、お茶屋が軒並みに店じまいをしていた。上方の芸風を教えることで評判のある「卯の花」だけが芸者にとって希少価値のある稽古場になっていた。千秋の、時代におもねらない姿勢が芸者の尊敬を高めていたのである。

凛子も祖母千秋を慕って名取、師範へと芸を磨いていた。

目標を定め、突き進む凛子を、圭子は複雑な気持ちで行く末を案じていた。世の母親にとって、子どもは分身ではなく自我の一部だと圭子は考えていた。多くの子どもの声の中で自分の子どもの声だけが聞こえるという、母親ならではの体験を、圭子は重要なこととして記憶に留めておいた。

圭子は、凛子を巡る噂話が絶えないのはどうしようもないと、吉田とのことを思い、生きることに専念した。

逢瀬の合間に、お守りにと吉田の頭の髪の毛を数本抜き、大切にしていることを、圭子は誰にも打ち明けていなかった。

この経緯を龍太郎は知らない。

身ごもったとき、圭子は思い悩んだ。しかし、龍太郎と抱き合ったことは確かだし、それで妊娠することもあると書かれていた一般向けの本の記事を信じた。

ときが来れば、お守りである吉田の毛根が解き明かしてくれる。

睦子や圭子が分骨を望んだが、祐子に断られ、代わりに頭から抜いた毛髪を手渡されていた。

千秋も、凛子を巡る噂話を不審に思ったが、圭子自身も言っているように圭子自身が抱える課題だと自分に言いきかせていた。

経緯を察知していたに違いない畠中も逝ってしまい、吉田は秘密を抱えたまま ときの過ぎるのを待っていた。

凛子は、謎めいた出生の秘密を解き明かそうとはしなかった。人間の体を構成する素粒子の集まりで、波動を持っている原子は、すべて宇宙で作られたもので、生き物や石になり、それを繰り返しながら、永遠に、宇宙いや少なくとも地球上で命を繋いでいる、という壮大な学説を、凛子は信じている。

凛子にとって、死は存在しない。

産んでくれた圭子に感謝する。それだけが凛子の信条であった。

龍太郎が逝って、何もかもが変わった。

祐子は余生を楽しく過ごそうと思っていたが、戸籍謄本を取り寄せ、認知している子がいないことを知り、「おかしい。龍太郎が死に際に凛子の名を呼んだのは、我が子だからだ」と思いついた。

祐子は龍太郎の思いを叶えようと、凛子を養子に迎えようとした。だが手立てを見いだせず、果たすことができなかった。

凛子は、婚外子であることを恥じることもなく堂々としていて、週に一度は老人施設に通い、日本舞踊を踊り、老人を楽しませ、師範をめざして自己研鑽に励んでいる。

凛子は師範どころか新たに流派を創る意欲を秘めているのではないか、とふと圭子は思い、そのとき胸が動悸を打つのを覚える。倫子がみどりに父親の名を明かさないのは自立を促すためであることを、凛子は倫子から打ち明けられていた。もうすぐ弁護士になろうとしているみどりを、凛子は頼もしい助っ人と絆を深めていた。

伝えられている芸は継ぎつつ伝えるべきで、それをないがしろにすることはできない、という凛子の言葉を、圭子は反芻している。

子離れはやむをえないとして、母親が子離れすることはありえない。母親が子離れするには自我を分裂させなければならない。そんなことはできない。評論家の言説は綺麗ごとで現実にそぐわない。母親は、生を享けている限り我が子を受け止め続けるのだ、と千秋も圭子もそして倫子も考えている。

経緯を知らぬまま、秘密を抱えた凛子は謎をどのようにして解き明かすのだろうか。命をそして芸を繋ぐことができるのだろうか。不安になり、圭子の心は揺れ動き続けている。

著者プロフィール

佐々木 時雄（ささき ときお）

1936年　岩手県に生まれる。
1962年　弘前大学医学部卒業。
1963年　東京大学医学部精神医学教室に入る。
1964年　関東労災病院神経科に勤務。
1982年　関東労災病院神経科部長となる。
1983年　東京大学医学部非常勤講師を兼務。
1994年　中央労災医員を委嘱される。
1999年　労災リハビリテーション長野作業所所長を兼務。
2006年　労災リハビリテーションを退職。

医学博士、精神保健指定医、全日本労働福祉協会産業医、日本職業・災害医学会功労会員、日本産業精神保健学会名誉会員、労働衛生コンサルタント。

〈著書〉『診断・日本人』（共同執筆、日本評論社、1974年）、『ナルシシズムと日本人』（弘文堂、1981年）、『岩波講座　精神の科学』10（共同執筆、岩波書店、1983年）、『日本人の深層分析』（共同執筆、有斐閣、1984年）、『流離の精神病理』（金剛出版、1985年）、『事例が語る　新中間管理職のメンタルヘルス』（弘文堂、1989年）、『〈こころ〉の病を考える』（弘文堂、2002年）、『よだかの星－宮沢賢治を読む－』（新潮社図書編集室、2017年）、『負の烙印・自死』（新潮社図書編集室、2023年）他。

婚外子を生きる

2024年５月15日　初版第１刷発行

著　者　佐々木 時雄
発行者　瓜谷 綱延
発行所　株式会社文芸社
〒160-0022 東京都新宿区新宿1－10－1
電話 03-5369-3060（代表）
03-5369-2299（販売）

印刷所　図書印刷株式会社

ISBN978-4-286-25325-1　JASRAC 出 2400915-401